谨以此书

献给我的父亲邓荫柯先生

诗歌的秘密花园

雷格 — 编著

20世纪伟大诗人名作细读

北京联合出版公司
Beijing United Publishing Co.,Ltd.

前言

雷 格

《诗歌的秘密花园：20世纪伟大诗人名作细读》这本书所收文章最初都发表在"初岸文学"公众号上，初衷是为喜爱现代诗的朋友提供一点入门性的阅读服务。本书主要解读20世纪世界诗歌大师的一些名作，以帮助爱诗者更好地理解和欣赏现代诗。

现代诗是一种诗歌美学公约数

所谓现代诗，是一个比较笼统的说法。我们这里所说的现代诗，主要指的是20世纪世界范围内杰出诗人的诗歌实践和成果。不过相对于时间段上的划分，把它理解为一种诗歌美学的公约数，可能更为恰切。

现代诗的历史星光璀璨、名家辈出，其成就堪与诗歌史上任何一个辉煌时代相媲美。我们也可以将其视作一座林深花茂、曲径通幽的秘密花园，探访其中，总有柳暗花明、洞天别开的感触。我在这里所选的15位20世纪大诗人，大致是我的公众号文章最初写到的一批诗人。他们无疑都是公认的诗歌艺术大师，也多少代表了我个人的阅读趣味所在。

一方面，现代诗千人千面，横看成岭、侧看成峰，每一位诗人都有其独特的艺术造诣和美学追求，各不相同。另一方面，现代诗的许多作品艰深复杂，其多义、曲折和晦涩又使不少读者视读诗为畏途，这实在是相当可惜的。所以，我还是不揣谫陋，在这里将现代诗的基本特征总结归纳一二，请读者朋友参详、指正。我希望通过这些基本特征，为你阅读和理解现代诗开启几条可能的通路，至少让你在面对一首诗时，不至于明知它非常美味却"无从下嘴"。

现代诗的十个基本特征

一、对抒情的节制

诗歌的本质是抒发情感，但现代诗的许多写作者程度不同地抛弃或削弱了直白的线性抒情，而代之以内省式的隐秘抒情或复调抒情。实现节制抒情的手段很丰富，既可以大幅缩减主观抒情的篇幅和比重，也可以让抒情主体隐身或转移，强调抒情的客观化，还可以引入叙事、戏剧等手法。这方面的代表人物是英国诗人艾略特。

二、对意义的消解

也就是说，一首诗的主旨不一定要遵循某种显见的抒情逻辑和必然性，抵达某个确定的预设终点。它可能不是封闭的，而是开放的，甚至会发生某种转折；它可能不是被说明的，而是被呈现的，甚至按照我们头脑中思绪纷繁的原初状态，表现为一种实际上更接近真实的"共时性呈现"。在这个方向上走得最远的是美国诗人阿什贝利。

三、让诗更具有现代性

所谓"现代性"，其本质是和谐让位于矛盾和冲突。这种矛盾冲突既发生在历史、政治和文化层面，也发生在生活和心理层面。至于说原因，当然是现代诗主要写"纠结"的现代人，关注、探询和表现现代人的精神世界，也为现代人提供所需的慰藉。所以，个体与世界相遇时所感受到的荒谬、孤独与疏离成为常见的诗歌主题，奥地利诗人里尔克就是表现这类主题的个中高手。

四、对时间的回应

诗歌作为一种语言艺术，与绘画、雕塑、建筑这些造型艺术依赖空间不同，"时间"是它潜在的永恒主题，其中也包括了时间的变形，像历史的变迁、自然的嬗变、人世的悲欢等。许多诗人都以不同的"音质"和"音高"对时间作了出色的回应，比如爱尔兰诗人叶芝和阿根廷诗人博尔赫斯。

五、对诗歌形式的传承与变革

同我国的古典诗歌一样，作为世界诗歌主流的欧美诗歌在古典时代也有着严格的格律要求和限定，节奏、音步、韵脚等均有法度可依。适应于现代生活内容的现代诗讲求创新，不按格律来写的自由体诗歌蔚成大观。但实际上，传统并不是断裂的，现代诗一直在传承与创新之间寻找着平衡，即便是一首不押韵的自由体诗，其内在的节奏和韵律也是相当明显的，否则也就不成其为诗了。诗人们的选择各不相同，美国诗人弗罗斯特对传统形式彻底继承，英国诗人奥登在继承中加入大量现代性元素，以色列诗人阿米亥则完全使用自由体。

六、对诗歌语言的净化

传统诗歌总体上倾向于使用典雅的语言，我们在一些词典上见到的带有〔诗〕这样标记的单词，就是诗歌专用语言。现代诗基本上不再大面积使用这种"不接地气"的语言了，而代之以日常用语乃至口语，它不求渲染、夸饰，更注重语言的表现力，就是精准和精确。有的诗人甚至在作品中去掉了所有的修饰性成分，比如希腊诗人卡瓦菲斯。

七、意象的广泛应用

意象不是简单的形象，它既是外在的也是内在的，是理性与感性在瞬间的融合。在这样的瞬间，天地入于一心，有如佛学中的禅定或顿悟，诗意也最浓郁，比如在瑞典诗人特朗斯特罗姆那里。有些意象在部分诗人的作品里反复出现，甚至成为核心意象，希腊诗人埃利蒂斯就是如此。

八、将个体经验融入普遍情感

在现代诗的写作中，个体的经验和感受已经不仅仅是一首诗走向人类普遍情感的触发点，更完全可以成为它的主体和归宿。这是因为，普遍情感本来就是个体经验的集合与提炼，二者并不"违和"。换句话说，生活就是诗。所以你会产生这样神奇的阅读体验，就是一首诗里写到了你不知道的某个人、某个地点、某件小事，却不让你感到陌生，而令你觉得亲切和感动。这一点，爱尔兰诗人希尼做得最彻底。

九、讽喻与戏谑手法的使用

现代诗不止有"感人"或者"有理"的单一维度，它还可以是有趣的、欢乐的，即便是在处理严肃的题材和情感的时候，比如悲伤和绝望。所以它诉诸幽默、讥刺、戏谑和自嘲时，自然会引你会心一笑。这类手法，波兰诗人辛波斯卡和俄裔美国诗人布罗茨基经常会用到。

十、以诗论诗

现代诗的诗人们经常会在诗里以这样那样的方式探讨诗应该怎样写、诗的本质是什么，就是说，以诗歌艺术为题材。这是一个很有趣的现象，在其他艺术形式中比较少见。这仍要归因于诗歌本身的特性，即它是一种语言的艺术，要在有限的篇幅内尽可能多地传达出丰富的信息，这一事实本身就蕴含着强烈的诗意。所以说，每一位大诗人都是一位思想家，比如法国诗人瓦雷里。

读现代诗的四个信任

至于说如何读懂一首诗，我想提几个建议，其中最关键的是信任。

第一，要信任诗人。

这些诗人并不是什么异类，他们不写诗的时候和你我一样都要生活，烦恼忧愁一样不少。但他们的诗的确可称为人类文明的奇迹，他们是在和我们一起探寻精神生活的无限可能性。

第二，要信任文本。

先把"懂不懂"放到一边，不要纠结于这个问题，因为它很可能是个伪问题。阅读文本的时候最重要的不是去抠字词，而是找到那种调子。调子对上了，意思就会迎刃而解。一首诗可以反复读，今天读不出心得，就改天再读，或者有心情时再读。说不定什么时候你的某种心境就恰好切合了这首诗，你再回头去读的时候，会发现自己已经能完全理解它了。

第三，要信任你自己。

诗写完了印在书上，是死的，只有在你读它的时候，它才有了生命。哪怕是你的误读，也是在让它生长，让它一次次复活。一首诗是一次倾诉，也是一次邀约，它的谈话对象可能是一个知己，可能是诗人自己，可能是大众，可能是上帝，也可能是虚无。无论你在读它的时候变成了其中的哪一个，你都是在经历一次了不起的心灵历险。

第四，要信任诗歌。

诗歌显然长于我们每个人的生命，长存于人类的精神中，就像大海，总会捧出珍珠，又总有新的诗人、新的作品像新的河流一样注入，永远在丰富中。其实在任何时候我们没有诗都能活，但诗总是在那里，教导我们要真诚地、有诗意地生活。

当然，如果你也信任我这个"服务员"，那就太开心了。

目录

01 卡瓦菲斯

伊萨卡岛 -002
去往心中的伊萨卡 -004

延伸阅读

城市 -009
曼努埃尔 · 科姆尼诺斯 -011
来自利比亚西部的王子 -013

02 叶芝

驶向拜占庭 -018
掌握金钥匙的人 -020

延伸阅读

茵尼斯弗利岛 -028
柯尔庄园的野天鹅 -030
丽达与天鹅 -033

03 瓦雷里

失去的美酒 -038
旧瓶新酒十四行 -039

延伸阅读

友好的树林 -045
蜜蜂 -047
石榴 -049

04 弗罗斯特

精通乡下事务之必要 -054
"乡下老鼠"的忠告 -056

延伸阅读

补墙 -064
熟悉黑夜 -068
请进 -070

05 里尔克

致俄耳甫斯的十四行诗 -076
为孤独正名 -077

延伸阅读

严重的时刻 -085
俄耳甫斯 · 欧律狄刻 · 赫尔墨斯 -087
致俄耳甫斯的十四行诗 -093

06 艾略特

杰 · 阿尔弗莱特 · 普鲁弗洛克的情歌 -098
情歌无情 -105

延伸阅读

海伦姑妈 -112
一个哭泣的年轻姑娘 -114
为猫命名 -117

07 博尔赫斯

老虎的金黄 -122
让时光的流逝使我安心 -124

延伸阅读

南方 -130
关于天赐的诗 -132
致一枚钱币 -136

08 奥登

悼念叶芝 -140
挽歌献给精神上的父亲 -145

延伸阅读
名人录 -152
他被使用在远离文化中心的地方 -154
爱得更多的那人 -156

09 埃利蒂斯

"饮着科林斯的太阳……" -160
手捧太阳而不被灼伤 -161

延伸阅读
白日的青春期 -167
疯狂的石榴树 -169
"那么这就是我……" -173

10 辛波斯卡

植物的静默 -178
偏爱写诗的荒谬 -180

延伸阅读
我太近了…… -186
赞颂我姐姐 -189
无人公寓里的猫 -192

11 阿米亥

野和平 -198
谁能把这土地写得更美 -200

延伸阅读
相对性 -208
人的一生 -211
空中小姐 -214

12 阿什贝利

船屋的日子 -218
凸面镜中的诗歌美学 -222

延伸阅读
画家 -235
一个年轻姑娘的想法 -239
悖论与矛盾修饰法 -241

13 特朗斯特罗姆

冰雪消融 -246
守护世界的神秘 -247

延伸阅读
脸对着脸 -254
孤独 -256
自 1979 年 3 月 -260

14 希尼

奇游之歌 -264
不必远方，诗就是生活 -267

延伸阅读
挖掘 -274
领养 -277
小型机场 -279

15 布罗茨基

蓝调 -284
怨曲 1992 -285

延伸阅读
黑马 -293
我坐在窗前 -296
一九八〇年五月二十四日 -299

扫 码 收 听
雷格为你读诗

01

卡瓦菲斯

C. P. Cavafy

但愿你的旅途漫长
充满冒险,充满发现

C.P. 卡瓦菲斯(1863—1933),希腊现代诗人。生于埃及亚历山大,少年时代曾在英国读书,后来除若干次出国旅行和治病外,主要生活在亚历山大。他常年在当地的水利局任职,生前没有正式出版过诗集,去世后被公认为20世纪最伟大的诗人之一。

他沉迷于古希腊历史和文化,其诗诗风简约,集客观性、戏剧性和教谕性于一身,别具一格。他潜心创造了一种无论在词汇或者句法上都很纯朴的希腊语言,给希腊诗歌注入了新的血液,带来了觉醒。代表作有《伊萨卡岛》《等待野蛮人》等。

伊萨卡岛

作者｜［希腊］C.P. 卡瓦菲斯
译者｜黄灿然

当你启航前往伊萨卡[1]

但愿你的旅途漫长，

充满冒险，充满发现。

莱斯特律戈涅斯巨人[2]，独眼巨人，

愤怒的波塞冬海神——不要怕他们：

你将不会在路上碰到诸如此类的怪物，

只要你保持高尚的思想，

只要有一种特殊的兴奋

刺激你的精神和肉体。

莱斯特律戈涅斯巨人，独眼巨人，

野蛮的波塞冬海神——你将不会跟他们遭遇

除非你将他们带进你的灵魂，

除非你的灵魂将他们耸立在你面前。

但愿你的旅途漫长，

但愿那里有很多夏天的早晨，

当你无比快乐和欢欣地

进入你第一次见到的海港：

但愿你在腓尼基人的贸易市场停步

1-《荷马史诗》中的英雄奥德修斯的故乡。

2- 吃人的巨人，与独眼巨人、海神波塞冬等为奥德修斯的回乡之路制造了重重障碍。

购买精美的物件,

珍珠母和珊瑚,琥珀和黑檀,

各式各样销魂的香水

——尽可能多买些销魂的香水;

愿你走访众多埃及城市

向那些有识之士讨教再讨教。

让伊萨卡常在你心中,

抵达那里是你此行的目的。

但千万不要匆促赶路,

最好多延长几年,

那时当你上得了岛你也就老了,

一路所得已经教你富甲四方,

用不着伊萨卡来让你财源滚滚。

是伊萨卡赋予你如此神奇的旅行,

没有她你可不会启航前来。

现在她再也没有什么可以给你的了。

而如果你发现她原来是这么穷,那可不是伊萨卡想愚弄你。

既然你已经变得很有智慧,并且见多识广,

你也就不会不明白,这些伊萨卡意味着什么。

去往心中的伊萨卡

诗歌界的卡夫卡

2010年去希腊出差,走得匆忙,只是往行囊里装了一本卡瓦菲斯的诗集。就这样读了一路的卡瓦菲斯,坐在雅典卫城山的矮墙上,以帕特农神庙为背景读诗时感觉最佳,如饮甘露。

我给卡瓦菲斯的定位是"诗歌界的卡夫卡"。两个人的处境颇为类似:卡夫卡生活在奥匈帝国统治下的布拉格,是一名保险公司的职员,一生未婚,以德语写作,生前籍籍无名,身后声名日隆,与普鲁斯特、乔伊斯一起并称现代主义文学的三大先驱;而卡瓦菲斯,除去在利物浦、伦敦和君士坦丁堡短暂居住,一生都侨居在埃及亚历山大,在水利局做了三十年临时职员,是个同性恋者,以希腊语写诗,在世时从未正式出版过诗集,如今已被公认为最伟大的现代诗歌大师之一,"与艾略特并驾齐驱"(埃利蒂斯语)。重要的是,他们都独立乃至孤独地进行艺术探索,决然与同时代的文坛、文学风尚保持距离,并且在思想和艺术上远远超越了自己的语言和时代。

泛希腊文明的美学切片

卡瓦菲斯的诗可分为两类：一类写当代，一类写历史。前一类多取材于个人经验，大量篇什写他对自己沉迷肉欲、屈从感官快乐的回忆和反省。后一类以历史为题材——比如亚历山大帝国分崩离析后的泛希腊时代[3]，或者基督教在地中海世界取得统治地位的时段[4]——手法则是直接切入某一人物、某一时点或某一情境。为了增强现场感，抑或是简单地服务于诗意要求，他甚至随意虚构角色，让这些杜撰的手艺人、语法学家、读经员或诗人融入历史的戏剧化场景。但真实不虚的是诗人对人性的深刻洞察、对历史脉络的精微把握、对希腊文明漫长衰亡的淡淡忧伤。可以说，这些诗作成了卡瓦菲斯为泛希腊文明衰变所做的一个个美学切片标本，他那轻描淡写的虚构与戏拟就是令标本显形的着色剂。

每个人心中都有一个伊萨卡

让我觉得美不胜收的主要是他的历史类作品。鉴于里面往往充斥着长长的希腊人名地名，恐怕影响阅读效果，还是先选择流传最广的名作

3- 泛希腊时代，又称希腊化时代，从公元前 323 年亚历山大大帝逝世到公元前 30 年罗马征服托勒密王朝为止。这一时期是希腊文化在北非、西亚广泛传播的时期，也是希腊文化和东方文化广泛交流的时期。

4- 基督教从公元 1 世纪开始发展，大约到公元 4 世纪成为地中海地区主流。

《伊萨卡岛》来作解读。

> 当你启航前往伊萨卡
> 但愿你的旅途漫长，
> 充满冒险，充满发现。

这样一个显而易见的好的开头对于全诗的成败至关重要，相当于调匀气息、定下调子。事实上，调子即风格，它决定了这首诗必然是诚恳、清晰、舒缓的，毫不晦涩。对于卡瓦菲斯来讲，晦涩或者朦胧相当于一种诉诸遮遮掩掩的二流技巧，在他这里完全没有必要。可以试着拿这个开头与叶芝的"当你老了，头白了"或艾略特的"四月是残忍的月份"作对照阅读。

《伊萨卡岛》从表面上看像是一首教谕诗，指导读者如何正确对待漫长的人生旅程，实际上还是历史诗，以《奥德赛》英雄、伊萨卡国王奥德修斯历尽磨难返归家乡为基本素材。后面还提到港口里"腓尼基人的贸易市场"，也说明诗的场景还是设在特洛伊战争时期，大概是公元前12世纪，古代商贸民族腓尼基的鼎盛期。吃人的莱斯特律戈涅斯巨人、独眼巨人基克洛普斯、海神波塞冬，代表着奥德修斯路上遭逢的种种磨难，在这里两次提到，形成一个小的变调回旋，从正反两方面说明它们其实不过是你自己的心魔，重要的是要"保持高尚的思想"，就是"志存高远"。

说到旅程的"一路所得"，埃及的功能显然与腓尼基人不同，它是泛希腊世界里负责提供知识服务和精神财富的。看来亚历山大后来建成号称"世界知识总汇"的图书馆（即亚历山大图书馆）也不是偶然。

> 是伊萨卡赋予你如此神奇的旅行，
> 没有她你可不会启航前来。
> 现在她再也没有什么可以给你的了。

我们看到，在这一段阐明全诗主旨的诗句中，卡瓦菲斯仅用逻辑串联，而不用比喻增加其中意涵的强度。这就是埃利蒂斯赞扬他的："从诗歌中消除所有华而不实的东西，达到结构简练和词语精确的完善境界。"那么，是什么构成了卡瓦菲斯诗歌强大的核心竞争力呢？英国诗人奥登认为是"一种语调""一种观察世界的独特视角"。

卡瓦菲斯是一个充满启发性的诗人，是那种"诗人中的诗人"。这一点对于诗歌写作者来说更为重要：观照世界的方式，以及由此获得的思想，可以使我们不那么依赖语言、依赖修辞、依赖夸饰，从而避免用力过猛而致的动作变形，也就是过度抒情。或者说得再白点：噢，诗原来可以这样写。不过，但愿这种启发或者学习没有奥登说得那么绝望，他说，卡瓦菲斯"只可以被模仿，即是说，被拙劣地模仿或引用"。

用"如果你发现她原来是这么穷"来表现夙愿与现实间可能的落差，这是非常精彩的一笔，词锋轻轻一转，诗意指数瞬间提升。

伊萨卡是什么

《伊萨卡岛》是明白晓畅的，不需要多么深的专业素养就可以大致总结出它的主题思想：最重要的是对于探索未知世界的渴望；寻找意义的过程本身，就是最大的意义之所在，云云。其实，唯一需要回答的问题是：伊萨卡是什么？

这就是这首诗的魅力所在："一千个人眼中有一千个哈姆雷特"，见仁见智，每个人心中都有一个伊萨卡。

首先，伊萨卡岛可以是目的地，意味着冒险，意味着自我丰富、充实和完善；其次，伊萨卡岛可以是灵魂的归宿，是永恒的家园；还有，伊萨卡岛可以是梦想和追求具象化的理想国。事实上，卡瓦菲斯在结尾处使用了复数的伊萨卡——"这些伊萨卡"——将其普遍化，使其具备形而上的精神属性，上升到了哲学高度。

再补充一个信息，有助于我们理解伊萨卡岛的形而上属性，那就是，卡瓦菲斯本人可能从来就没去过伊萨卡岛。

在读《伊萨卡岛》的时候，我们实际上已经上路，并且耐心听取卡瓦菲斯的忠告，克制盲目的激情，尽量让"旅途漫长"而丰盈，去往各自心中的伊萨卡。

延 伸 阅 读

城 市

作者 | C.P. 卡瓦菲斯
译者 | 黄灿然

点评

这是一首教谕诗。对于如何认识一座城市、一个国家、一种生活的场域,进而如何抱持一种切实的生活态度,卡瓦菲斯给出了冷静的忠告和劝喻。此诗在主题和铺陈方式上与《伊萨卡岛》一诗近似。

你说:"我要去另一个国家,另一片海岸,

寻找另一个比这里好的城市。

无论我做什么,结果总是事与愿违。

而我的心灵被埋没,好像一件死去的东西。

我枯竭的思想还能在这个地方维持多久?

无论我往哪里转,无论我往哪里瞧,

我看到的都是我生命里的黑色废墟,在这里,

我虚度了很多年时光,很多年完全被我毁掉了。"

你不会找到一个新的国家,不会找到另一片海岸。

这个城市会永远跟着你。你会走在同样的街道上,

衰老在同样熟悉的地方,白发苍苍在同样这些屋子里。

你会永远发现自己还是在这个城市里。不要对别处的事物

抱什么希望:那里没有你的船,那里没有你的路。

就像你已经在这里,在这个小小的角落浪费了你的生命,

你也已经在世界上的任何一个地方毁掉了它。

曼努埃尔·科姆尼诺斯

作者｜C.P. 卡瓦菲斯
译者｜黄灿然

点评

卡瓦菲斯在这首诗里写的曼努埃尔·科姆尼诺斯皇帝，即曼努埃尔一世。他是 12 世纪的东罗马帝国（拜占庭帝国）皇帝，体格健壮，勇猛善战，在位时一直都在四出征伐，让衰落中的拜占庭帝国还保持着表面上的荣光和威严。曼努埃尔一世因为伤寒病死于 1180 年，这首诗写的就是他死前的一幕。卡瓦菲斯在不动声色的叙述中让我们感受到了一丝英雄末路的悲凉。

在九月一个阴霾的日子

曼努埃尔·科姆尼诺斯皇帝

感到他死期已近。

宫廷占星家——收买的,当然——继续喋喋不休

说他还可以活多少年。

但是他们在说着话的时候,

他想起一个古老的宗教习俗

于是下令把一个隐修院的

所有法服全部拿来,

然后穿上,很高兴打扮成

一个牧师或修士的端庄形象。

那些信教的人有福了,

可以像曼努埃尔皇帝这样在生命结束时

按照他们的信仰穿上最端庄的衣服。

来自利比亚西部的王子

作者 | C.P. 卡瓦菲斯
译者 | 黄灿然

点评

卡瓦菲斯这首诗里的人物和情景都是虚构的。他写得非常直白,但是对那种附庸风雅的人的嘲讽却入木三分。

亚里斯托梅尼斯，梅内莱厄斯的儿子，

来自利比亚西部的王子，

在亚历山大逗留十天期间

他受到普遍的爱戴。

因为他的名字、适度的衣着，也都是希腊式的。

他高兴地接受敬意，

但他决不计较这些；他没有什么架子。

他买希腊书，

尤其是历史和哲学。

最重要的是，他很少说话。

人们都说他肯定是个深刻的思想家，

而像那样的人一般都不大说话。

他既不是深刻的思想家也不是别的什么——

只是一个游手好闲、可笑的人。

他起了个希腊名字，穿得像个希腊人，

多少学会希腊人的言行举止；

而他总是提心吊胆，唯恐

他那还过得去的良好形象

会被他用希腊语喊出来的野蛮人的叫嚷糟蹋了，

而亚历山大人会一如既往
取笑他，他们可是卑鄙的人。

这就是为什么他很少说话，
非常小心他的句法和发音；
而他几乎就快发疯了，因为
他要把那么多的话装在心里。

扫 码 收 听
雷格为你读诗

02

叶芝

W. B. Yeats

请将我收进
那永恒的艺术品

W.B. 叶芝（1865—1939），爱尔兰诗人、剧作家、散文家。生于爱尔兰山迪蒙，是一位肖像画家的儿子，童年分别在都柏林和伦敦度过。他参与发起了爱尔兰文艺复兴运动，创建了艾比剧院，曾担任爱尔兰国会参议员。

他一生创作丰富，其诗吸收了浪漫主义、唯美主义、神秘主义、象征主义和玄学诗的精华，几经变革，最终熔炼出独特的风格。1923 年因"用鼓舞人心的诗篇，以高度的艺术形式表达了整个民族的灵魂"荣获诺贝尔文学奖。艾略特称之为"我们时代最伟大的诗人"。

著有诗集《玫瑰的秘密》《苇间风》《柯尔庄园的野天鹅》《塔楼》，诗剧《心愿之乡》，散文集《凯尔特的薄暮》等。

驶向拜占庭

作者｜［爱尔兰］W.B. 叶芝
译者｜雷格

1

那不是老年人的国度。青年

在彼此怀中，鸟儿在树上

——那些垂死的世代——鸣啭，

鲑鱼的瀑布，挤满鲭鱼的海洋，

鱼类、兽类或禽类，整个夏天都在颂赞

生生死死的一切无常。

沉迷于感官的音乐，而完全忽略

那永生的智慧的杰作。

2

老年人不过是无用之物。

一件破衣裳搭在拐杖上，除非

灵魂鼓掌而歌，高声唱出

它尘世皮囊的一处处破碎，

世间也没有教习歌唱的学校，只有研读

那叙说它自己辉煌的丰碑；

于是我出海，启程

驶向圣城拜占庭。

3

哦，站立在上帝圣火中的圣徒，

仿佛置身于墙上的黄金嵌饰，

请走出圣火，盘旋而出，

做我灵魂歌唱的导师。

焚毁我的心；它为欲望所苦，

在一只垂死的动物身上羁系。

它不知自己为何物；请将我收进

那永恒的艺术品。

4

一旦脱离自然，我再也不从

任何自然之物获得我肉身的形体，

而托身于希腊的金匠们曾经

打造的金器和金饰，

让那昏昏欲睡的皇帝保持清醒；

或者干脆栖上金枝，

为拜占庭的老爷和夫人们唱歌，

唱那过往、现在和将来的一切。

掌握金钥匙的人

诗歌的金钥匙

爱尔兰诗人叶芝可称当下诗歌消费的一个成功案例,人人知道他的名作《当你老了》,对他终其一生苦恋茅德·冈的备胎故事也津津乐道,各种诗歌朗诵会上如果不读一读这首诗,都算是一种缺憾。

但我要说的是,叶芝是一个更加丰富、完满的形象,特别是在西方诗歌史上,是一个传奇般的存在。庞德曾说叶芝是唯一值得认真研究的当代诗人,艾略特甚至干脆将"我们时代最伟大的诗人"的至高荣誉赠予他。他经历了诗歌从浪漫主义经象征主义向现代主义过渡和嬗变的整个发展历程,而且在每个阶段都写出了第一流的诗篇,仿佛手中一直握有一把掌握着诗艺奥秘的金钥匙。

造就伟大的六个要素

应当说,是诸多复杂的背景因素和历史机缘,共同造就了叶芝的伟大。归结起来，大致有以下几层：

一是爱尔兰民间文化的滋养，包括神话传说、民歌民谣和历史积淀等。

二是英语诗歌浪漫主义传统的伟大传承，从弥尔顿、布莱克、华兹华斯、雪莱、济慈直至叶芝本人。

三是叶芝自己构建的神秘主义神话象征体系，尽管他一生从未停止追求的通灵术，多被视作无甚价值的巫术，与"跳大神"无异。

四是进入20世纪后诗歌的现代主义变革潮流。比如，现代主义诗歌运动主将庞德曾做过叶芝的秘书，他的激进诗歌理念在某种程度上对叶芝产生了影响。

五是叶芝充满激情和戏剧性的个人经历。他一生追求民族独立、文艺复兴及爱情甜蜜的梦想，大半在现实中破灭，但这并不影响他作为一位诗人的成功。茅德·冈就说："我拒绝了他，将他还给了世界。"而叶芝本人，直至生命的最后一刻也不曾放弃这种悲剧英雄式的激情，他在《在本布尔本山下》里为自己写下的墓志铭就是：

对生活，对死亡

投以冷冷一瞥

骑士啊，向前！

最后也是最重要的，自然是叶芝非凡的艺术天赋。这种天赋主要表现为一种出色的平衡感与调和能力，或者说从不过分：在浪漫主义时代，他的作品很节制，从未沦为大声疾呼式的廉价抒情；在象征主义阶段，他的作品仍充满了自省和内心挖掘；在现代主义阶段，他的作品依然保持形式上的严整和优雅，该押韵押韵，该抒情抒情。

拜占庭的象征

关于《驶向拜占庭》的主题和写作缘起，叶芝说得非常清晰："我打算写写自己的灵魂，因为叩问灵魂正是一位老者的分内之事。关于这个话题的一些想法，我写进了《驶向拜占庭》中。拜占庭曾经是欧洲文明的中心及其精神哲学永不衰竭的源泉，我把朝向这座城市的旅程作为追寻精神生活的象征。"

"拜占庭"，就是东罗马帝国的首都君士坦丁堡，今天土耳其的伊斯坦布尔。"拜占庭帝国"这个称谓是16世纪时才由欧洲的学者造出来的，本身即亦实亦虚，带有鲜明的文化和精神属性。所以叶芝才会"驶向拜占庭"，而不是"驶向君士坦丁堡"；否则，好像诗意上也打了好大折扣，对吧。

以知识为题材

此诗作于1927年，当时叶芝已是62岁的老人，而且从未去过拜占庭。拜占庭作为中世纪东西方文化的交会之地，在他心目中是精神家园，也是知识的圣殿。

以知识为题材，是西方文学中一个悠久的传统，到了现代和当代依然如此，像济慈的《希腊古瓮颂》、卡夫卡的《万里长城建造时》、

乔伊斯的《尤利西斯》、艾科的《玫瑰的名字》等。叶芝在自己的名诗《丽达与天鹅》的末句,也曾加以明确:

> 直到那冷漠的喙把她放开之前,
> 她是否获取了他的威力,他的知识?

第一节:老年与青年的辩证

叶芝在本诗中设置了许多组对立概念,探究它们之间深刻的矛盾冲突,如老年与青年、灵魂与肉体、自然与艺术、欲望与理性、速朽与永生、此岸与彼岸,或明说或暗写,并且在对这些矛盾冲突的描绘中,让自己的愿望层层推进,以到达理想境界。

叶芝对于自己的老年人身份非常敏感而在意,老年人这个意象在很多首诗里都出现过,如《在学童中间》《老年的争吵》《对于老年的一个祷告》《为什么老人们不该发疯》。他一方面痛惜青春的逝去,一方面也希望获得"随时间而来的智慧"。

所以,第一节就以"那不是老年人的国度"这样一句对世界、对现状的抱怨开始。

在诗人看来,这个世界是属于年轻人的,虽然表面上生机勃勃,却因有巨大的局限而缺乏深度。鱼类、兽类或禽类作为自然和生命的代表,其歌唱只在循环往复的生生死死里打转。

> 沉迷于感官的音乐,而完全忽略

> 那永生的智慧的杰作。

他在诗节的末尾点出这种浅薄和浑噩的症结所在：完全忽视了理性、智慧和知识的存在及其重大意义。

第二节：灵魂的歌唱

这一节承接上节（其实整节都对第一节形成呼应），接着描述老年人的窘境，甚至把老年人变成了单数，直接指向自己：

> 老年人不过是无用之物。
> 一件破衣裳搭在拐杖上，

这是一个具有高度概括性的形象。木棍上搭着破衣裳，就是一个稻草人，无用的摆设。叶芝此时身为国会参议员，是一位经常在各种场合露面的德高望重的公众人物；他在《在学童中间》里就拿自己的这种身份自嘲：

> 还不如对所有微笑的人微笑，
> 显示出老稻草人也过得很好。

他还写道：

> 老拐杖披着破衣裳吓唬小鸟。

说的是一个意思。

但老年人也不必甘于这种被放逐、被废弃的命运,他还有可以寄望的东西,那就是灵魂的歌唱,哪怕歌唱的只是"它尘世皮囊的一处处破碎"本身。"歌唱"在大部分诗人那里,就是他所从事的工作的代名词,其中至少隐含着自怜和骄傲两种情绪的传达。

为着这样的目的,诗人开始了去往拜占庭的旅程。去拜占庭自然是虚指,它主要是一次在象征层面展开的灵魂自我升华、自我救赎之旅。

> 于是我出海,启程
> 驶向圣城拜占庭。

在"拜占庭"前面加上"圣城"二字,是不易察觉的巧妙处理。本可以不说的,但这种明显的"装腔作势",其实质乃是优雅;另外,还有效地造成了节奏的延宕,提高对这次精神历险的期待值。

第三节:艺术的永恒

从本节起,诗的调子突然激昂起来,主观的抒情和决绝的态度取代了前两节舒缓的铺垫。诗人呼吁那些高贵的"站立在上帝圣火中的圣徒"从拜占庭辉煌建筑上的黄金镶嵌画中飞旋而下,指导他作灵魂的高歌,让他脱离肉体和尘世欲望的羁绊,甚至"焚毁我的心",而带他进入艺术的永恒中。

这里,"盘旋而出"值得特别注意,它体现了叶芝诗学体系建构中一个重要的概念：旋转。旋转一方面会带来眩晕的超验感受，契合诗歌"迷醉"的本质、酒神精神；另一方面，又暗示着历史、文化和情感的轮回。在他的《幻象》一书中，人类历史就由一正一反的两个旋锥体构成。

另外，他的《丽达与天鹅》一诗，据说就是通灵体验后获得的灵感，而他所描绘的丽达因宙斯所变天鹅而受孕并诞下海伦，在他的象征主义体系中，就是以两千年为单位的文明循环的开端之一：每次文明的开端都起源于一只神鸟与尘间女性的结合；圣鸽与贞女玛利亚结合而诞生基督，是下一个两千年轮回的开端。

第四节：进入伟大的文明

在这一节，诗人明确地表达了他抛弃自然的肉体的束缚后，希望以何种方式获得永生：

> 而托身于希腊的金匠们曾经
> 打造的金器和金饰，

他宁可变成物，在伟大文明中获得卑微的存在；哪怕他像一个宫廷小丑（甚至还不如，是金枝上一只人工的小鸟）一样，服务的是昏聩的皇帝和那些贵族老爷太太们。

而他（或者一切艺术家）获得永生的价值就在于歌唱本身，"唱那过往、现在和将来的一切"。可以体会一下叶芝的良苦用心：用诗的象征，唤起人类的"大记忆"或"大心灵"。

诗的骨头与血肉

　　整首诗主题并不复杂，抒情也是呈线性铺陈的，但其中的象征意味、表达方式、意象组合、节奏转换却极为丰富，许多诗句都值得反复吟诵和体会。就是说，我们在他的诗里看得见"骨头"，但"血肉"是如何在上面附着、生长的，才最要紧。这就是叶芝手里那把金钥匙吧。

延 伸 阅 读

茵尼斯弗利岛

作者 | W.B. 叶芝
译者 | 裘小龙

点评

叶芝这首早期作品一向被视作诗歌之美的典范之作,虽然在风格上属于浪漫主义,但他并不以其他浪漫主义诗人惯用的惊叹号放大情绪,因而更委婉曲折,清丽脱俗。茵尼斯弗利岛作为一个脱离了尘间扰攘的世外桃源,代表了他所向往的理想的田园生活。茵尼斯弗利岛并非叶芝虚构,实有其地;是他所居住的斯莱戈郡吉尔湖的一座湖心小岛。

我要起身走了，去茵尼斯弗利岛，
用泥土和枝条，建造起一座小屋；
我要有九排芸豆架，一个蜜蜂巢，
在林间听群蜂高唱，独居于幽处。

于是我会有安宁，安宁慢慢来到，
从晨曦的面纱到蟋蟀歌唱的地方；
午夜一片闪光，中午有紫霞燃烧，
暮色里，到处飞舞着红雀的翅膀。

我要起身走了，因为我总是听到，
听到湖水日夜轻轻拍打着湖滨；
我站在公路，或在灰色的人行道，
我心灵深处总听见那波涛声声。

柯尔庄园的野天鹅

作者 | W.B. 叶芝
译者 | 裘小龙

点评

叶芝这首诗是他造访格雷戈里夫人的柯尔庄园时写下的。格雷戈里夫人是戏剧家，与叶芝一起领导了爱尔兰文艺复兴运动。叶芝最初来这里时还是个青年，可19年过去，他已经年过半百。只有柯尔湖中的天鹅，心还那样年轻，还葆有激情和雄心。于是，他感慨万千，思绪透过时光的流逝，探究不朽和永恒。

树木披上了美丽的秋装,
林中的小径一片干燥,
在十月的暮色中,流水
把静谧的天空映照,
一块块石头中漾着水波,
游着五十九只天鹅。

自从我第一次数了它们,
十九度秋天已经消逝,
我还来不及细数一遍,就看到
它们一下子全部飞起,
大声拍打着它们的翅膀,
形成大而破碎的圆圈翱翔。

我凝视这些光彩夺目的天鹅,
此刻心中涌起一阵悲痛。
一切都变了,自从第一次在河边,
也正是暮色朦胧,
我听到天鹅在我头上鼓翼,
于是脚步就更为轻捷。

还没有疲倦,一对对情侣,
在冷冷的友好的河水中
前行或展翅飞入半空,
它们的心依然年轻,
不管它们上哪儿漂泊,它们
总是有着激情,还要赢得爱情。

现在它们在静谧的水面上浮游,
神秘莫测,美丽动人,
可有一天我醒来,它们已飞去。
哦,它们会筑居于哪片芦苇丛、
哪一个池边、哪一块湖滨,
使人们悦目赏心?

丽达与天鹅

作者 | W.B. 叶芝
译者 | 飞白

点评

叶芝这首诗以古希腊神话为题材，传达了他神秘的象征主义历史观。他认为，主神宙斯化身天鹅，与斯巴达王后丽达的交合，是以两千年为单位的历史循环的一个开端，因而十分关键；但作为当事人的丽达肯定意识不到这一点。所以，他在最后一句这样问道："她是否获取了他的威力，他的知识？"

丽达受孕后产下两只蛋，每只蛋里都孵出了一对双胞胎，其中的一对是海伦和克吕泰涅斯特拉姐妹。这姐妹俩后来对历史产生了重大影响：海伦与墨涅拉俄斯结婚，后与特洛伊王子帕里斯私奔，引发了著名的特洛伊战争，导致生灵涂炭，特洛伊城被毁；克吕泰涅斯特拉嫁给了墨涅拉俄斯的哥哥、迈锡尼国王阿伽门农，阿伽门农作为希腊联军主帅赢得了特洛伊战争，但归国后被克吕泰涅斯特拉和奸夫害死。这就是叶芝所写的"腰股内一阵颤栗，竟从中生出 / 断垣残壁、城楼上的浓烟烈焰 / 和阿伽门农之死"。

全诗充满了对动作和心理细节的精准描摹，紧张、生动、扣人心弦，甚至胜过了历史上所有那些表现这个题材的绘画作品。

突然袭击：在踉跄的少女身上，
一双巨翅还在乱扑，一双黑蹼
抚弄她的大腿，鹅喙衔着她的颈项，
他的胸脯紧压她无计脱身的胸脯。

手指啊，被惊呆了，哪还有能力
从松开的腿间推开那白羽的荣耀？
身体呀，翻倒在雪白的灯芯草里，
感到的唯有其中那奇异的心跳！

腰股内一阵颤栗，竟从中生出
断垣残壁、城楼上的浓烟烈焰
和阿伽门农之死。

     当她被占有之时
当她如此被天空的野蛮热血制服
直到那冷漠的喙把她放开之前，
她是否获取了他的威力，他的知识？

扫码收听
雷格为你读诗

03

瓦雷里

Valéry

我看到咸空里腾跃

深湛的联翩形象……

保尔·瓦雷里（1871—1945），法国诗人，法兰西学院院士。生于法国南部城市塞特。他的诗耽于哲理，倾向于内心真实，追求形式的完美，往往以象征的意境表达生与死、灵与肉、永恒与变幻等哲理性主题，被誉为"20世纪法国最伟大的诗人"。他逝世后，法国为他举行了国葬。著有诗集《旧诗稿》《年轻的命运女神》《幻美集》等。其长诗《海滨墓园》和《年轻的命运女神》是公认的现代诗杰作。

失去的美酒

作者｜［法］保尔·瓦雷里
译者｜卞之琳

有一天我向海洋里
（不记得在什么地方）
作为对虚无的献礼，
倒掉了宝贵的佳酿。

谁要你消失呀，芳醇？
是听了占卜家劝诱？
也许是我忧心如焚，
想着血，就倒了美酒？

一贯是清澈的沧海
起一阵玫瑰色薄霭，
就恢复明净的原样……

丢了酒，却醉了波涛！……
我看到咸空里腾跃
深湛的联翩形象……

旧瓶新酒十四行

巍峨的桥梁

无论从哪个方面看，法国诗人保尔·瓦雷里都像是一座巍峨的桥梁。

通过他，法国诗歌完成了从传统向现代的演化：自波德莱尔起，经魏尔伦、兰波和马拉美，至瓦雷里蔚成大观，将诗歌从语言的艺术转化为语言的魔术，始有鲜明的现代特征。

通过他，法国诗歌与20世纪诗歌潮流接轨：里尔克将他的《海滨墓园》《纳尔西斯》译进了德语世界；艾略特在论文《从爱伦·坡到瓦雷里》中明确指陈他的"纯诗"观念中的现代性，即："他不再信赖诗歌目标，只对创作过程感兴趣。"

也是通过他，中国诗人经受了象征主义诗歌的洗礼：梁宗岱算是他的私淑弟子；卞之琳借助对他的译介写出了具有浓郁象征主义味道的诗作……他的影响，甚至在当下中国诗人的写作中仍然不减。

失而复得的大师

瓦雷里少年即享诗名，但21岁那年随家人去意大利的热那亚旅行时，却经历了一次恋爱和精神危机，自此中断诗歌创作20年，转而研究哲学、数学和物理。

多亏好友安德烈·纪德和出版商伽利玛不断催促他将早期诗作结集出版，他才重拾写作，写出了《年轻的命运女神》《海滨墓园》等不朽之作。

1922年，他出版了最重要的作品《幻美集》——这是现代文学史上最为神奇的一年：里尔克写出了《杜伊诺哀歌》和《致俄耳甫斯的十四行诗》，艾略特发表了《荒原》，乔伊斯出版了《尤利西斯》，普鲁斯特在临终前终于完成了《追忆似水年华》。

一个好朋友多么重要！如果没有纪德的热心与坚持，也许就没有瓦雷里重新焕发的艺术生命，世界诗歌史上就少了一位风格独特的大师。

旧瓶新酒

《失去的美酒》选自《幻美集》，选择的诗体是瓦雷里最钟爱的形式之一——十四行诗。关于十四行诗，瓦雷里声明，他赞同诗人马莱伯的说法："写完一首精美的十四行诗，作者有休假十年的权利。"他还说："永恒的荣耀归于十四行诗的创造者。……最美的十四行诗仍有待创作。"像里尔克、艾略特、奥登一样，瓦雷里也是一个十四行诗高手，他极善于在传统的"旧瓶"里，装满充盈现代意味的"新酒"。最关键的是，他还在诗中保留了美。

　　瓦雷里对多少束缚诗人表达的格律体的褒扬，很容易让人想到我们自己的格律体，那让贾岛"两句三年得，一吟双泪流"的五绝、七律。"戴着脚镣跳舞"，也许跳出的舞姿会让我们格外惊喜也未可知。你也不妨试着写一写十四行诗。

关于艺术创造

　　全诗表面上并不复杂，写的是诗人偶发神经，向大海里倾倒葡萄酒，酒逐渐消于无形，大海似乎恢复了原状，却又完全不同了……但诗人在这组织得音韵和谐、词句优美的诗中，究竟要传达怎样的深意或情绪，还是让人有些费解。尽管瓦雷里本人肯定反对跳出诗本身去纠缠主题，但我们还是可以作一番猜度。

　　简而言之，这是一首关于艺术创造、关于精神生活的诗，或者说，是一首探讨诗的诗，是一首"元诗"。

　　直接的证据是瓦雷里在《精神的危机》一文中的论述。他说："落到水中的一滴葡萄酒，几乎没有把水染色，就在留下一抹蔷薇色的烟之后趋于消失。这是物理的事实。可是现在，假定在这种消失和复归于清澈的一会儿以后，我们看到在这个似乎又变成纯水的容器之中，到处又现出几滴暗淡的纯粹的葡萄酒——是多么令人惊奇……这种迦拿的奇迹，在智性的和社会的物理学方面并非不可能。"

　　所谓迦拿的奇迹，典出《新约·约翰福音》：耶稣去加利利的迦拿参加一场婚筵，酒喝光了，他的母亲玛利亚要他想想办法。耶稣虽然以人子的身份申斥了母亲，仍然把水变成美酒给宾客喝。这是耶稣所行的最初的神迹。

显然，这就是那首诗的一个散文版本，而"在智性的和社会的物理学方面"这句话，明白表明瓦雷里所关注的不是物理现象，而是人类的精神生活。

散文与诗

有散文版本作对照，恰恰给了我们一个绝佳机会，从其中的异同去体会什么是诗，诗是怎样进行表达的。

> 有一天我向海洋里
> （不记得在什么地方）
> 作为对虚无的献礼，
> 倒掉了宝贵的佳酿。

在诗中，散文版本中的"容器"，在这里换成了"海洋"，一个意涵更丰富的物象，它可以使人联想到人生、世界、存在，不一而足。看到"不记得在什么地方"这句，我们基本可以断定，往海里倒酒的举动未必真正发生过，不过是个比方罢了。诗人的目的是"对虚无的献礼"，这几乎是所有艺术创造活动的终极指向。

> 谁要你消失呀，芳醇？

> 是听了占卜家劝诱？
>
> 也许是我忧心如焚，
>
> 想着血，就倒了美酒？

与散文版本不同，诗人在这里不是理智地做实验，而是通过戏剧性场景设置和不确定性的模糊处理，婉转地丰富其内涵。先说外因：以酒酹海的举动颇像一次占卜，所以诗人把责任推到占卜家身上。再说内在需求：由于葡萄酒色与血的红色相近，诗人就将这个举动归因于内心的急迫感，或者说，意欲诉诸创造的内在冲动。如果不算过度阐释的话——毕竟瓦雷里提到了迦拿——还可以将这里的血理解为"耶稣之血"：神的儿子耶稣替世间罪人所流的血。

两句都采用了问句，加强其不确定性。问号的频繁使用，是瓦雷里诗歌的一个标志性特征，卞之琳也曾学他。

> 一贯是清澈的沧海
>
> 起一阵玫瑰色薄霭，
>
> 就恢复明净的原样……

这一节主要是描绘酒在海中洇开又消失的过程，没有什么额外阐发，但值得注意欣赏的是诗人对节奏抑扬顿挫的掌握。可以注意一下省略号的使用。

什么是诗

> 丢了酒,却醉了波涛!……
> 我看到咸空里腾跃
> 深湛的联翩形象……

艺术家的艺术创造,在许多时候,特别是在影响和改造人心方面,显得特别无能和徒劳。但为什么一代代的艺术家仍然飞蛾扑火、不绝如缕、义无反顾地献身艺术呢?在诗人看来,信念固然很重要,但世界也不总是那么绝情,在不经意间它会给人以某种惊喜,而这惊喜是艺术家应得的报偿,正如他在长诗名作《海滨墓园》的结尾处所说:

> 多好的酬劳啊,经过了一番深思,
> 终得以放眼远眺神明的宁静!

究竟什么是诗?"丢了酒,却醉了波涛!"就是诗,形象,感人,又出人意表。再对比一下散文版本,就能立即分出高下。在这里,看似一如平常的大海,实际上在葡萄酒所象征的艺术劳动面前,已经悄然改变了性质,它沉醉、沸腾了,甚至被激发出"深湛的联翩形象",整个世界充满了诗意。"咸空里腾跃",是典型的通感手法。

"深湛的联翩形象",就是瓦雷里为诗、为艺术所做的肖像,它既有迹可循,又依赖灵感,最主要的是,要靠辛勤的劳作和持久的追求才能获得。

延 伸 阅 读

友好的树林

作者 | 保尔·瓦雷里
译者 | 徐知免

点评

瓦雷里此诗不是写给某个恋人，而是写给好友安德烈·纪德的，纪念他们在蒙彼利埃公园"坐在郁郁的古柏之下，咀嚼着玫瑰花的花瓣而谈论着艺术的不朽"的美好往昔。

我们沿着小径行走，肩并着肩，
心底一片纯净的凝念，
我们手握着手，无言……
在暗淡的花丛中间；

我们像一对情侣似的走过，
独自，看夜中草地多么青碧；
给梦想者一轮友好的明月，
让我们共享这仙女的佳果。

随后，我们在青苔上死去，
远处那树林正亲密絮语，
孤单，有温馨的疏影迷漫；

天上，那无边的清辉如练，
我们哭泣着重又相见，
啊，我亲爱的沉默的伙伴！

蜜　蜂

作者｜保尔·瓦雷里
译者｜徐知免

点评

瓦雷里此诗明写一个女子渴望蜜蜂来蜇她的胸脯（"美丽的葫芦"），蜇出血来，以唤醒她身上死去或沉睡的爱情，暗指对艺术灵感的期待，所以是一首以艺术为主题的诗。

任凭你的尖刺,金黄的蜜蜂,
多么纤细多么凶残,
我在那芬芳的花篮,
扔下一个缀满花边的梦。

这针,胴体如美丽的葫芦,
爱神在这上面死去或已入梦,
让一滴我自己的朱红
涌上滚圆而隆起的肌肤!

我要一份急遽的痛楚:
一阵剧痛但又立即止住,
然犹胜于缓慢的折磨!

因为你微小的金色的警报
遂使我的感觉分外敏锐,
没有它爱神将死去或是沉睡!

石 榴

作者 | 保尔·瓦雷里
译者 | 葛雷、梁栋

点评

瓦雷里在此诗中,从石榴复杂的结构与人类头脑结构的形似入手,探讨了人类精神活动的奥秘。石榴成熟时的爆裂,象征着艺术创造过程中的紧张感,以及艺术创造的美的成果,所以是"光辉的决裂"。

微裂的硬壳石榴,

因子粒的饱满而张开了口;

宛若那睿智的头脑

被自己的新思涨破了头!

假如太阳通过对你们的炙烤

微微裂开的石榴呵,

用精制的骄傲,

迸开你们那红宝石的隔膜,

假如你们那皮的干涸金色

耐不住强力的突破,

裂成满含汁水的红玉,

这光辉的决裂

使我梦见自己的灵魂,

就像那石榴带着这神秘的结构。

扫 码 收 听
雷格为你读诗

04

弗罗斯特

Robert Frost

人还是得精通些乡下事务

才不至于相信菲比鹟会哭泣

罗伯特·弗罗斯特（1874—1963），美国诗人。生于美国旧金山。他的生活充满波折，养过鸡，在工厂做过零工，长年经营自己的农场，还曾为生活所迫带领全家移居英国。

他的诗歌风格在现代诗人中独树一帜，主要以新英格兰乡村生活为素材，并且喜欢使用浅显易懂的口语，采用传统的韵律形式。他还曾获得过44项荣誉学位，也是唯一一位4次赢得普利策奖的诗人，被誉为"美国文学中的桂冠诗人"。

著有诗集《少年的心愿》《波士顿以北》《新罕布什尔》《西去的溪流》《见证树》等。

精通乡下事务之必要

作者｜［美］罗伯特·弗罗斯特
译者｜雷格

房子已烧掉，为午夜的天空
再一次带来落日的金晖。
如今只剩下烟囱兀立着，
仿佛花瓣落尽后的花蕊。

假如不是风的意愿，
路对面的谷仓早就和房子一同
毁于大火，现在它留下来
独自顶着废弃的地名。

它再不会将一侧完全敞开
迎接石路上过来的一队队大车，
马蹄匆匆敲击着地面，
满载夏日的收获掠过干草垛。

鸟儿穿过天空来到这里，
从残破的窗子飞进又飞出，
它们的咕哝更像是我们的叹息
因为耽溺于过往而倾吐。

然而丁香为它们发出新叶,
老榆树也一样,虽然曾被火舌触及;
枯涸的压水井尴尬地扬起臂膊;
篱笆桩上还缠着一段铁丝。

它们真的没什么可悲伤的。
尽管幸存的鸟巢让它们欢喜,
人还是得精通些乡下事务
才不至于相信菲比鹟会哭泣。

"乡下老鼠"的忠告

与现代诗人们的恩怨

在 20 世纪的诗坛名家中,罗伯特·弗罗斯特是一个相当令人困惑的人物。

艾略特曾经这样评价他:"弗罗斯特是盎格鲁美国诗人中最卓越、最让人尊敬的。弗罗斯特之于新英格兰,就如同但丁之于佛罗伦萨,莎士比亚之于沃里克郡,歌德之于莱茵兰……都有一种普遍性。"弗罗斯特能在艾略特这里得到超五星评价,与三个上古诗歌大神并肩,的确令人咋舌。

庞德、奥登、博尔赫斯、希尼、沃尔科特等现代主义大师也都对他不吝赞誉之辞;奥克塔维奥·帕斯甚至曾顶着烈日,专门步行去他隐居的农场拜访,只为与他进行几个小时的山间清谈。

但我们很少见到弗罗斯特对这类人有过相应的、哪怕是礼貌性的正向回馈:他没说过他们什么好话。

比如庞德,他们二人均有恩于对方:庞德第一个撰文为他在英国出版的第一部诗集热情捧场,这奠定了他日后大获成功的基调;几十年后庞德因为政治上幼稚、附逆纳粹，面临叛国罪指控，他也出手搭救。但他一生对庞德评价极低，言辞间满是不屑与嘲讽。

再如史蒂文斯，他们之间的分歧甚至到了不留情面地"互撕互怼"的地步。在一次访谈中，他特别强调史蒂文斯成名是在他之后，还提到，有一次史蒂文斯说他："你爱写实物。"他马上反唇相讥："你爱写古董。"

创新都是胡闹

说到底，弗罗斯特所表现出的自负与傲慢，更多的不是源自他个人的性格，而是一种诗歌观念的势不两立使然。他对现代主义的诗歌探索与实践持一种彻底否定和拒斥的态度："那条创新的老路已行不通了。"在他看来，取消标点符号、不用格律、没有格言警句、不要逻辑条理、纯靠视觉意象、打着"纯诗"旗号否定内容等，全是瞎胡闹。

在他这里，"立"比"破"重要多了。他说："我决定读不读一首诗有一种方法，一种立竿见影的方法，那就是看它押不押韵。……这就是技艺的范畴，这是我的死标准。"他说，写诗不押韵，那跟打网球时场上却没网子没什么两样。说到自己不押韵的乡村悲剧题材戏剧诗《雇工之死》时，他还不忘强调一下，那是抑扬格五音步的素体诗[5]，不是自由诗。

---

[5] 英语格律诗的一种。按抑扬格五音步写成，每行由五个长短格音步组成，每首行数不拘，不押韵。

自然崇拜

在诗的内容方面,弗罗斯特也近乎偏执地钟情于新英格兰乡村的自然风光、人际交往和农事生活。他说:"自然在我们心中达到其形式的顶点,并通过我们超越其自身。"他所歌唱的自然与土地,不仅是一种物理景观,同时也是一种道德景观。

不过,虽然他被视作承古罗马诗人维吉尔衣钵的田园诗人、《牧歌》的现代遗产传人,单从诗人形象上的差异,就可约略看出其中的策略化和欺骗性。维吉尔身材高大、肤色黝黑、农人外貌;米沃什所描绘的弗罗斯特的公众形象,则是蓝色眼睛、长而厚的白发、健美体形、眉毛垂过眼睛,其耿直与朴素极易赢得同情与信任。

他们真正的共同点恐怕是对权力的态度:维吉尔的诗大都是献给奥古斯都皇帝的,甚至遗产的四分之一也赠给了奥古斯都;弗罗斯特也不遑多让,曾应邀在肯尼迪总统就职典礼上朗读应景的颂诗。

所以米沃什对弗罗斯特所摆姿态的看法大概是最透彻的,虽然有些尖锐、刻薄:"他把自己弄成一个出风头的乡巴佬,一个新英格兰的农夫,用简单的、充满了大白话的语言写他的环境,以及生活在那里的人们。一个真实的美国人,在地里挖掘,而不是来自任何大城市!一个白手起家的天才,一个每天都接触自然与季节的乡村圣人!在他的表演和雄辩才能的掩饰下,他利用朴素的乡村哲学家的吸引力,小心翼翼地维护着那个形象。"

声名的经营

事实上,弗罗斯特那个"美国乡村圣人"的形象在大众层面取得的成功,也许是庞德、艾略特、奥登这些现代主义诗人远不能及的。

他大器晚成,近 40 岁才开始出版诗集,但显然善于后程发力:四获普利策诗歌奖;享有 44 个荣誉学位;75 岁、85 岁寿辰时,美国参议院两次做出决议向他致敬;其《未走的路》《雪夜林边停驻》《家葬》等几乎被选入所有诗选和教科书。

他对自己声名的维护也不遗余力。他曾有过把写好的作品锁进抽屉、捂了一二十年再发表的举动,就是为了向公众表明,他的创作力没有衰竭。这很像齐白石,趁着视力还好,先画些蟋蟀、螳螂之类精细的小虫,等老了再往上填叶子、石头,好卖个好价钱——很有经济头脑,很善于经营自己。

奥登就在论述弗罗斯特的文章中引了他的诗,以说明他的精明:

> 最好买些友谊守候在身旁,
> 这样便可以死得体面风光,
> 有总比没好。早防,早防!
>
> (《早防,早防》)

什么是现代性

声明一下,我并不是在这里黑弗罗斯特。毕竟,正如艾略特所说:

"所谓传统诗与自由体诗之分并不存在，因为世界上只存在好诗、劣诗，还有混沌一片。"而弗罗斯特就是难得的、写出了大量好诗的伟大诗人，有些不是大家耳熟能详的名诗，一样极为精彩，比如这首《精通乡下事务之必要》。

我想和大家一起思考的是，什么是诗歌的现代性。

欣赏《精通乡下事务之必要》，逐字逐句地解读没有必要，因为它并不晦涩（如弗罗斯特所说，"我并不想叫人读不懂"），逻辑关系非常清晰，音韵之美也是显在的，读英文原文感受会更强烈，用的全是很短的单词，一般文化程度的读者完全能够领略其优美、晓畅和韵味。

这首诗很好地体现了什么叫作"诗歌是一种慢"。他的慢，既是节奏的舒缓，也是一种内在的阴郁与悲凉，更是与时间达成的和解与圆融。可以看出，同是写自然、写农事、写乡野，他的诗较之唐诗更近宋诗，注重意趣和理趣。

我提到的阴郁与悲凉，无疑有他个人生活经历的因素：早年丧父、中年丧妻、晚年丧子，弗罗斯特一个人都占全了。但更重要的是，新英格兰乡间严酷的生存环境给他的影响，以及他由此形成的自然哲学。奥登曾对弗罗斯特的《诗歌全集》作过统计：他找到了 21 首写冬天的诗，而写春天的诗 5 首之中有两首地上还有残雪；有 27 首时间是晚上的诗，还有 17 首暴风雨天气的诗。

自然的意志

自然的意志在这首诗里得以隐隐体现，与其相对照的是人的意愿和情感的无妄与可笑。

自然的意志可以无情地让一座农舍烧得精光，带来一片凋敝：

枯涸的压水井尴尬地扬起臂膊；
篱笆桩上还缠着一段铁丝。

也可以让这灾难性的动作呈现自然本身之美：

如今只剩下烟囱兀立着，
仿佛花瓣落尽后的花蕊。

还可以突然改了主意，让风转向，留下路对面的谷仓，作为鸟儿们的乐园：

鸟儿穿过天空来到这里，
从残破的窗子飞进又飞出。

丁香树和老榆树则是自然意志最忠实的贯彻者，无论条件如何恶劣，时辰一到，总会发芽、生新叶：

然而丁香为它们发出新叶，
老榆树也一样，虽然曾被火舌触及。

人则不免面对灾难发出种种哀叹，留恋逝去时光的美好，比如马车将夏日的收获运进谷仓，也对鸟儿们的无情无义暗生不满。

"乡下老鼠"的忠告

《伊索寓言》里有一篇《城里老鼠与乡下老鼠》，说城里老鼠应乡下老鼠邀请去做客，嫌乡下条件太差，邀乡下老鼠去城里见世面。城里条件是不错，但美味佳肴还未开始享受，城里老鼠就大喊："快跑！快跑！猫来了！"让乡下老鼠饱受惊吓，再也不想去了。

末节出现的"精通些乡下事务"，就是基于乡下老鼠的立场，给城里老鼠们的忠告：人大可不必将自己的情感寄寓于鸟儿（菲比鹟，是一种北美常见的鸟类），鸟儿才不会悲伤呢。它们的欢喜是一种无意识行为，其实既无欢喜，也无哭泣可言。要认识到这一点，还真得有点关于乡村事务的常识和体认：

> 它们真的没什么可悲伤的。
> 尽管幸存的鸟巢让它们欢喜，
> 人还是得精通些乡下事务
> 才不至于相信菲比鹟会哭泣。

其隐含的前提条件是，弗罗斯特的诗不是写给他乡下的邻人，而是写给"城里老鼠"的，是在他的农场里对着城里的读者们隔空发言。这就是米沃什所说的"虚伪"与"欺骗"。

精通乡下事务，乃是顺应自然之道的智慧，也是对苦难的安之若素，是顺从、达观与勇敢。张承志的《黑骏马》中，奶奶给白音宝力格的忠告，就是这个意思。

从诗歌技艺上说，"*精通些乡下事务*"带来的是一种对平常事物的观照中突然降临的瞬间顿悟。这一点，就算是我在读、译这首诗时，对所谓诗歌现代性的理解之一种吧，但绝不是标准答案。

延伸阅读

补 墙

作者｜罗伯特·弗罗斯特
译者｜杨铁军

点评

弗罗斯特的诗，大体可以分为两种，一种是带有哲理意味的抒情短诗，一种是描绘乡村生活的小叙事诗。这首诗就属于后者。我们可以从中感受到，美国新英格兰地区的农民在与自然的艰苦搏斗中，所形成的一套生活习惯、人际关系模式和道德规范，特别是他们的坚忍、骄傲、讲原则。

有个什么东西不喜欢墙

在它底下隆起冻土,

阳光下挤掉墙上的石头,

造成两人肩并肩都能过去的裂缝。

猎人的祸害是另一回事:

我曾跟在后边修补,

他们破坏的地方石头不再垒着石头,

兔子也让他们赶出了藏身地

给吠叫的狗取乐。这些缝,我的意思是,

没有人看到或听到它们是怎么裂开的,

但春修季一到,就在那儿看到它们。

我跟山那边的邻居说,

哪天见面时沿线巡查,

把分隔我们的墙再一次确立。

我们分别走在墙的两边。

石头落在哪边就归哪边负责。

有些是整条,有些圆滚滚的,

必须念咒语才能把它们稳住:

"停住别动,直到我们转过身去!"

我们搬石头把手指都磨粗了。

啊,不过是另一种户外游戏,

一人一边。事情就是这样:

我们在那儿并不需要这堵墙:

他全是松树林,我是苹果园。

我跟他说,我的苹果树永远不会

越界吃他树下的松球。

他只回答:"好篱笆隔出好邻居。"

春天让我有点烦闷,我不知道

能否在他脑子里塞进这个概念:

"为何它们能隔出好邻居?难道不是

在有牛的地方才行?但是这儿没牛。

在我修墙前,我想知道

我的墙把什么圈进,把什么圈出,

有可能得罪什么人。

有个什么东西不喜欢墙,

想让它倒塌。"我可以对他说是"精灵",

但准确说又不是精灵,我宁愿

他自己那么说。我看到他在那儿

搬石头,两只手从上部各抓

一块,像旧石器时代武装起来的野蛮人。

在我看来他是在黑暗中移动,

不仅仅是林子的黑暗和树荫的黑暗。
他不会把他父亲的说法抛在脑后,
他很高兴自己把这事想得如此周全,
就又说了一遍:"好篱笆隔出好邻居。"

熟悉黑夜

作者 | 罗伯特·弗罗斯特
译者 | 雷格

点评

这是弗罗斯特的一首名诗,以"雪莱体"十四行诗的形式(押韵的格式为 aba bcb cdc ded ee)写成,写一个人在夜里逡巡、独处的感受,冷寂、绝望的氛围浓重。"断续的哭喊"带有明显的象征意味,它似乎带来了某种改变现状的可能性,但"不是唤我回去或是道再见"又使这种可能归于乌有;"发光体时钟挂在天边",显然是指月亮,但"宣告时间既不错误也不正确",似乎又堕入了相对主义。

我曾是熟悉黑夜的一个。

我曾冒雨走出——又冒雨返回。

我曾走出城市最远的灯火。

我曾望进城市最悲哀的巷子。

我曾路过当班巡逻的守夜人

并垂下眼睛,不愿解释。

我曾站立不动,止住脚步声,

听远处一阵断续的哭喊

从另一条街传来,越过屋宇重重,

但不是唤我回去或是道再见;

而更远处,在不可企及的高度,

一只发光体时钟挂在天边,

宣告时间既不错误也不正确。

我曾是熟悉黑夜的一个。

请 进

作者丨罗伯特·弗罗斯特
译者丨雷格

点评

弗罗斯特这首诗，处理了他诗歌中一个常见的题材，那就是诗人来到幽暗的树林边，受到它的美和神秘的吸引和诱惑，但终于抵御了这种诱惑，没有走进去。对这首诗，诗人布罗茨基作了非常精彩的解读，精彩到了让人怀疑其中是否有过度阐释之嫌。布罗茨基认为，诗中的画眉象征了诗人或歌手，而发出"请进"的邀请的，正是死亡。

当我来到树林的边缘,
听——画眉鸣啭!
此刻假如外面是黄昏,
树林里就是黑暗。

树林对于鸟儿太过黑暗,
凭借翅膀的敏捷
它找不到更好的栖枝过夜,
尽管它还能唱歌。

太阳消逝在西天的
最后一道光芒
还残留着再听一支歌
在那画眉的胸膛。

远在廊柱撑起的黑暗中
画眉在鸣啭——
几乎像一声召唤,邀请
进入黑暗中哀叹。

但是不,我出来是为看星星;
我是不会进去的。
我是说即便受到邀请也不去;
况且没有谁请我。

扫 码 收 听
雷格为你读诗

05

里尔克

Rainer Maria Rilke

你须领先于一切离别,仿佛它们
全在你身后,像刚刚逝去的冬天

赖内·马利亚·里尔克(1875—1926),奥地利诗人。生于捷克布拉格一个铁路职员家庭,一生漂泊不定。诗风沉郁深邃,独具一格。他在20世纪世界文坛影响深远,被誉为"自歌德、荷尔德林之后最伟大的德语诗人"。他也是对中国新诗产生持久而深远影响的外国诗人之一。

著有诗集《定时祈祷文》《图像集》《新诗集》《新诗续集》《杜伊诺哀歌》《致俄耳甫斯的十四行诗》,长篇小说《布里格手记》,书信集《给青年诗人的信》等。

致俄耳甫斯[6]的十四行诗
（第二部第十三首）

作者｜[奥地利]赖内·马利亚·里尔克
译者｜林克

你须领先于一切离别，仿佛它们
全在你身后，像刚刚逝去的冬天。
因为许多冬天中有一个无尽的冬天，
使你过冬之心终究挨过。

你须长死于欧律狄刻[7]心里，
更歌唱，更赞美，返归纯粹的关联。
在这里，在逝者中间，在残酒的国度，
你须是鸣响的杯盏，曾在鸣响中破碎。

你须是，并须知非在之条件，
及你内心震荡的无限根基，
好圆满完成它们，这唯一的一次。

欣喜地，你须把自己计入完满的大自然
那已经耗蚀的，霉烂和哑寂的蕴藏，
难以言喻的总和，并抹去计数。

[6] 希腊神话人物，著名的诗人与歌手，有杰出的音乐才能，能使木石生悲、猛兽驯服。曾凭借他的音乐天才，在英雄的队伍里建立了卓越的功绩。

[7] 希腊神话中俄耳甫斯的妻子，被蛇咬死。俄耳甫斯曾前往冥界希求复活亡妻，在最后关头却失败了。

为孤独正名

里尔克难题

自古文无第一，武无第二。

如果硬要为 20 世纪的现代诗人排个座次，恐怕不少朋友会把冠军奖杯送给奥地利诗人里尔克吧。为他选一首最佳作品的话，多半会是广为流传的《豹》；顶多加上个《秋日》。至于他的两部杰作《杜伊诺哀歌》和《致俄耳甫斯的十四行诗》，太艰涩难懂了，还是束之高阁的好，像《尤利西斯》一样供起来。

那么，里尔克这道"诗歌的哥德巴赫猜想"，是不是可解的？

工作狂人

的确，里尔克已经成了一个关于诗歌和诗人的神话。

他最初的作品并不非常出色，连他自己都不愿多提，算是典型的"悔其少作"。但在他身上，与柔弱外表不相称的强悍和迷人之处，就在于可怕的笃定和坚持，那是一种将写作作为"最迫切的、天生的责任"，集中全部生命能量冲击诗歌极限的志存高远。

里尔克从未完成过科班教育，几乎没干过任何正经营生，没钱了就坦然向朋友求助，一辈子都在旅行、恋爱、写信和创作。

说到写信，他在《秋日》中写道：

谁这时没有房屋，就不必建筑，
谁这时孤独，就永远孤独，
就醒着，读着，写着长信，

让我们觉得有浓浓的诗意。其实那不过是对他生活常态的写实：据说他一生大约写了一万五千封信！

关于"写作是艰苦的劳作"这一点，他在与罗丹的交往中加以确认和强化："必须一直工作，唯有工作。"就是在诗歌创作已经卓然有成的时候，他还认为自己仍处于准备阶段。这是谦逊，也是自信。正如他在《为沃尔夫伯爵封·卡尔克洛伊特而作》一诗中所写：

有何胜利可言？挺住意味着一切。

从结果看，他在巅峰阶段达到的艺术成就是惊人的。茨维塔耶娃就给了他最高规格的赞誉："在您之后，诗人还有什么事可做呢？可以超越一个大师，比如歌德。但若要超越您，则意味着超越诗。"

与孤独相恋

里尔克一生艳遇不断——他的敏感、柔弱和高贵总是那么讨女人喜欢：作家莎乐美对他是姐姐般的理解和包容；妻子、雕塑家克拉拉对他是战士般的绝对追随和服从；画家梅琳娜在他创作枯竭期为他带来慰藉；甚至在他辞世前几个月，还有茨维塔耶娃这样素未谋面者意欲飞蛾扑火的疯狂之举。

但有一条，一旦他认为恋情妨碍了他的写作，对他奉若神明的孤独形成了搅扰，他就会将其终止，想方设法让女友离开他，让他孤独自处，等待灵感的突然降临。这一点，他在内心深处毫不妥协。（这也是跟罗丹学的？）

孤独是他写作的必要条件，是他真正的终身伴侣："我的孤独那美丽的道路"。所以，为了找到适合他的这款孤独，他走遍了欧洲，一直在神经质般地挑剔着写作的环境：不自然不行，临街不行，太吵不行，访客太多不行，没有立式书桌也不行。艺术家，就是这么难伺候。

《哀歌》与《十四行诗》

《致俄耳甫斯的十四行诗》（以下简称《十四行诗》）起初被认为是《杜伊诺哀歌》（以下简称《哀歌》）的副产品。

《哀歌》，里尔克从1912年在杜伊诺城堡时就开始写了，但经历了一次大战的颠沛流离和创作灵感的持续枯竭，直到十年后的1922年初在瑞士瓦莱州的穆佐城堡，他才隐隐地再次感受到"产前的阵痛"。

但毫无征兆地率先问世的却是《十四行诗》的第一部，25首"天赐"杰作在2月2日至5日三天内一挥而就。到14日，他补写完成了《哀歌》。从15日到23日，他又在九天之内完成了《十四行诗》的第二部，29首诗。

里尔克称之为"神的恩典"，四处写信报喜，人生的圆满至此求得。

他后来才发现，《十四行诗》和《哀歌》其实同样伟大。

这些诗触及了许多主题，比如爱、时间、生死、人与自然、艺术的使命、科技进步对人类文明的威胁，但大都诉诸感官感受和浓缩的形象，韵味深长而兼有思辨色彩。诗不易读，须要有耐心；不过可以透露一下，这是组诗中里尔克最喜欢的一首。

超级歌手

《十四行诗》题献给两个人：一个是不幸早夭的舞蹈演员薇拉·莪卡玛·克诺普，一个是古希腊神话中的超级歌手俄耳甫斯。据说，俄耳甫斯曾下到冥界，凭借音乐才能得冥王冥后恩准带亡妻欧律狄刻还阳，但违反禁令，回头一看，致使营救行动失败。

这里选的一首诗是第二部分的第十三首，就是直接献给俄耳甫斯的；同时因为俄耳甫斯也是所有诗人和歌手的代表，它也是里尔克本人的自况与自勉，阐述生死一体的观念，并探讨诗人（艺术家）的使命。

直面死亡

在诗的德语原文中,里尔克用了五个 Sei(就是"成为"的意思),形成效果强烈的祈使句,表面上是在写教谕诗,实际上传达了很强的内趋、自省的倾向,这样做在很大程度上保持了语义的连贯性,虽不能消除,但至少降低了由思辨而致的晦涩。

> 你须领先于一切离别,仿佛它们
> 全在你身后,像刚刚逝去的冬天。
> 因为许多冬天中有一个无尽的冬天,
> 使你过冬之心终究挨过。

诗人在第一节多次提到冬天,点出了写作的时间是寒冬刚刚过去的时节;其中"许多冬天中有一个无尽的冬天"无疑象征了死亡。面对一切离别,面对最大的离别——死亡,诗人呼吁俄耳甫斯,也要求自己和所有艺术家,要勇于直面命运的挑战,通过艰苦的忍耐,你终能战胜它。

诗人的形象

> 你须长死于欧律狄刻心里,
> 更歌唱,更赞美,返归纯粹的关联。
> 在这里,在逝者中间,在残酒的国度,

你须是鸣响的杯盏,曾在鸣响中破碎。

"生死同一"是里尔克独特的观念。他认为,生与死本质上是一体的,是同一枚硬币的两面。死亡是生命不可分割的一部分,是集中安排在生命中的至高无上的杰作。

关于这一点,他在《俄耳甫斯·欧律狄刻·赫尔墨斯》一诗中阐述得很清楚。俄耳甫斯领着欧律狄刻向阳界攀登时,他独自走在前面,欧律狄刻则由灵魂的导引者赫尔墨斯陪同;关键是,欧律狄刻的心里并没有回归的欣喜,新鲜的死亡已经用黑暗把她充盈,让她重新变成了少女,她甚至觉得俄耳甫斯都很陌生。所以,当俄耳甫斯回头而欧律狄刻堕入永远的深渊时,他们二人相对于对方来说,都已永远死去了。

所以,他才会说"你须长死于欧律狄刻心里"。而此后俄耳甫斯的歌唱便超越了自身的悲欢,是升级了的赞美,带有更纯粹、更普遍的意味。

"你须是鸣响的杯盏,曾在鸣响中破碎"是对诗人(歌者)艺术生命最恰当的象征性概括。因为诗人像玻璃杯一样脆弱、敏感,所以呼应自然的歌声格外清脆,但这美妙的歌声是以自身的牺牲为代价的。这是诗人的宿命,也是诗人的荣光。

拥抱死亡

你须是,并须知非在之条件,

及你内心震荡的无限根基,

好圆满完成它们,这唯一的一次。

"非在",或者说死亡,乃是生的先决条件,无死即无生。所以你要倾尽全力歌唱("内心震荡")。有了深刻的理解,这歌唱将是无限的、辽阔的。因为面对的是死亡,你只有一次机会,不得辜负了。

> 欣喜地,你须把自己计入完满的大自然
>
> 那已经耗蚀的,霉烂和哑寂的蕴藏,
>
> 难以言喻的总和,并抹去计数。

自然之中蕴藏着难以计数的、形形色色的死亡,有实体的死亡,也有象征性的死亡;有经过使用而耗尽的,也有未经开放就凋敝、霉烂的,更有那些发不出声音的痛苦和悲伤。而诗人是幸运的,他们能够歌唱,身上也就自然肩负着一份重担,所以要有真正的豁达;他们在以抵死的歌唱进入自然的伟大怀抱时,诗人要求,必须是"欣喜"的,只有这样,才无愧于诗人的称号,无愧于上天给他们的伟大馈赠。全诗不以激昂的句子结尾,而收束于阔大的气象,这已经超出了精湛诗艺的范畴,乃是伟大的情怀。

死于玫瑰,生于永恒

里尔克的诗在归类时往往被归入象征主义,因为表达的深邃和曲折,具有强烈的现代性;但透过这些,我们看到的其实是浪漫主义与英雄主义相混杂的古老灵魂。由此我想,我也能够回答朋友们的问题了:他为什么如此晦涩却如此迷人?谁能够抵御一颗由内而外浸淫在浪漫中、与我们无限贴近的心呢？

　　有意思的是，里尔克自己的死同样充满了象征意味。他在摘玫瑰送给自己的医生时不慎被扎破手指，后来伤口感染恶化，两个月后死于一种急性的白血病。这很像传说中醉酒捞月亮、溺水而亡的李白，都很浪漫。

延 伸 阅 读

严重的时刻

作者 | 赖内·马利亚·里尔克
译者 | 陈敬容

点评

里尔克这首诗作于 1900 年 10 月,收入诗集《图像集》。诗的主题当然是孤独,他当时生活中出现的一些新状况,可以为理解这首诗提供参照。当年 8 月,里尔克刚刚结识了两位年轻有才华的女艺术家,葆拉·贝克尔和克拉拉·韦斯特霍夫,对她们两个心生好感,但到底钟情于哪一个,似乎他自己也说不清,难以抉择,处在一种矛盾和困惑中。于是,他暂时离开了她们。这首诗就是在那时写下的。次年,克拉拉成了他的妻子。

此刻有谁在世上某处哭，
无缘无故在世上哭，
在哭我。

此刻有谁夜间在某处笑，
无缘无故在夜间笑，
在笑我。

此刻有谁在世上某处走，
无缘无故在世上走，
走向我。

此刻有谁在世上某处死，
无缘无故在世上死，
望着我。

俄耳甫斯·欧律狄刻·赫尔墨斯

作者 | 赖内·马利亚·里尔克
译者 | 陈宁

点评

里尔克此诗写俄耳甫斯从冥界带亡妻欧律狄刻返回阳间失败的过程。俄耳甫斯是太阳神阿波罗之子,善于弹琴和歌唱,常引得鸟兽木石为之动容。他的妻子欧律狄刻被蛇咬死,下了冥界。俄耳甫斯爱妻情切,深入冥界去挽救她。俄耳甫斯在走出冥界的一刹那,生怕欧律狄刻没有跟上,就违反冥王哈德斯的禁令回头看了一眼,结果欧律狄刻又掉回到冥界之中。

在这首诗中,里尔克对神话作了意味深长的改写,将欧律狄刻的掉落处理成自己主动返回冥界;这样一来,诗的主题就从"深情与惋惜"转向了"疏离与隔绝"。"大灯泡"赫尔墨斯在诗中的表现,对烘托气氛至关重要。

这是灵魂神奇的矿山。
如同寂静的银矿,他们作为
矿脉穿行在矿山的幽暗。根之间
鲜血涌出,向人间行去,
幽暗中如斑岩一般沉重。
往昔无物鲜红。

巉岩壁立,
林莽无觉。桥梁横跨虚空,
巨大、灰色、失明的池塘,
悬挂在远处池底之上,
如飘雨的天空悬挂在风景之上。
草地间,温柔而充满恒忍,
显现出一条路苍白的条带,
如一匹放倒的长长的亚麻布。

而这样一条路上走来了他们。

走在前面的瘦削男人身着蓝色斗篷,
哑然而无耐心地张望着前方。

他的脚步不加咀嚼地大块吞咽着
道路；他的双手垂落，
沉重而内向，在下垂的衣褶外，
不再了解轻盈的诗琴，
那把诗琴已经生长进他的左手
如玫瑰花藤生长进橄榄树的枝里。
而他的感官仿佛已分裂：
目光如狗，在他的前面奔跑、
转身、跑回、一次次跑远，
在下一个转弯处停下来等候，——
听觉如味，落在了后面。
有时他恍然感到他的听觉已经
一直抵达另外两个的行走，
那两个应当跟随这次完整的上升。
后来再次有的仅仅是他攀登的回音，
与在他身后的他斗篷的风。
但他对自己说，他们确实跟来了；
大声说出这句话，听自己的声音回荡。
他们确实跟来了，只有两个，
走着，悄无声息得骇人。只要他
转过身（如果回望并不算
对即将完成的整个工作的
破坏行为），他一定就会看见他们，

这两个悄然者，沉默地跟随着他：

神祇，司掌行走与旷远的消息，
旅行便帽遮在明眸之上，
纤细的手杖拿在身前，
翅翼扇动在脚踝边；
他的左手给了：她。

如此被爱的人儿啊，致使一把诗琴
发出的哀叹远多于陪哭妇们的哀哭；
致使哀叹中生出一个世界，那世界里
万物又一次存在：森林与山谷，
道路与村庄，田野、河流与走兽；
致使围绕着这个哀叹世界，全如
围绕着另一个地球，运行着一个太阳
与一个满缀繁星的寂静天空，
那是一个哀叹天空，布满变了样的星辰——
这位如此被爱的人儿啊。

她却走在那位神祇的手边，
因长长的裹尸带而步履拮据，
不稳、温柔但毫无不耐。
她存于自身之内，像一个更高的希望，

她既没有料想这个走在前面的男人,

也没有料想升入生的道路。

她存于自身之内。她的死去

如丰盈将她充满。

如果实盈满了甜蜜与幽暗,

她盈满了她巨大的死,

那个死新鲜得让她懵然无知。

她存身于一个新的少女身份内,

变得不可碰触;她的性器闭合,

如迎向黄昏的幼小花朵,

她的手对婚姻感到

异常的不习惯,甚至轻盈的神祇

无尽轻悄的、引路的触碰

也如同过分的亲昵把她伤害。

她已然不再是在诗人的歌曲中

偶尔发出哀叹的金发妇人,

不再是宽大床榻上的芬芳与岛屿,

不再是那个男人的占有物。

她被松开如长发,

被递出如落雨,

被分发如百倍的贮存。

她是根。
而神祇骤然
使她停步,带着痛楚的惊呼
开口说话:他回头了——
她那时却懵然无知,轻声地问:谁?

但远处,幽暗地在清澈的出口前
站立着的一位,面孔
已然无法辨认。那人站着、看着
在一条草径的带上
消息之神目光满带哀伤
沉默地转过身,跟在那个形影之后,
那个形影,已然返回同一条道路,
因长长的裹尸带而步履拮据,
不稳、温柔但毫无不耐。

致俄耳甫斯的十四行诗
（第一部第二十六首）

作者 | 赖内·马利亚·里尔克
译者 | 林克

点评

里尔克此诗写俄耳甫斯之死。俄耳甫斯挽救亡妻失败后终日消沉，拒绝与其他女性交往，后因其不参加酒神狄奥尼索斯的祭拜，被狄奥尼索斯的女祭司们借故用石头砸死并撕碎投入海中，但他的头颅和琴仍能歌唱。

可是你,神灵,你,直到最终的歌者,
当一群被鄙弃的女祭司向他进攻,
你以秩序压倒她们的号叫,你俊美,
你的感化的弹奏从毁灭者升起。

谁也不能毁灭你的头和古琴。
任凭她们怎样拼搏,疯狂,
锋利的石头砸向你的心,全化作
你身上的柔情物,有聆听的禀赋。

复仇的欲望驱使着她们,你终于被粉碎。
但你的琴声仍然回荡在狮子和岩石,
树木和禽鸟身上。你仍然在那里歌唱。

哦,你,失落的神!你,无限的踪迹!
只因仇敌最终撕裂你,抛散你,
我们才是现在的倾听者,自然之歌喉。

扫码收听
雷格为你读诗

06

艾略特

by T.S. Eliot

我看到过美人鱼骑波驰向大海
梳着被风吹回的白发般的波浪

T.S. 艾略特（1888—1965），英国诗人、剧作家和文学批评家，诗歌现代派运动领袖。生于美国密苏里州的圣路易斯，1927 年加入英国国籍。1922 年发表的长诗《荒原》为他赢得了国际声誉，被评论界认为是 20 世纪最有影响力的一部诗作。1943 年结集出版的组诗《四个四重奏》使他荣获了 1948 年度诺贝尔文学奖，获奖理由是他"对于现代诗之先锋性的卓越贡献"。主要作品还有诗集《普鲁弗洛克及其他》《圣灰星期三》《老负鼠的现世猫书》，文学批评集《圣林》，诗剧《大教堂凶杀案》《合家团聚》《鸡尾酒会》《政界元老》等。

杰·阿尔弗莱特·普鲁弗洛克的情歌

作者 | [英] T.S. 艾略特
译者 | 裘小龙

"如果我认为我的答复是
说给那些将回转人世的人听的,
这股火焰将不再颤抖。
但如果我听到的话是真的,
既然没人活着离开这深渊,
我可以回答你,不用担心流言。"

那么让我们走吧,我和你,
当暮色蔓延在天际,
像一个病人上了乙醚,躺在手术台上;
让我们走吧,穿过某些半是冷落的街,
不安息的夜喃喃有声地撤退,
撤入只宿一宵的便宜旅店,
以及满地锯末和牡蛎壳的饭馆:
紧随的一条条街像一场用心险恶的
冗长的争执,
把你带向一个使人不知所措的问题……
噢,别问,"那是什么?"
让我们走,让我们去做客。

在房间里女人们来了又走,
嘴里谈着米开朗基罗。

黄色的雾在玻璃窗上擦着它的背脊,
黄色的雾在玻璃窗上擦着它的口络,
把它的舌头舔进黄昏的角落,
逗留在干涸的水坑上,
听任烟囱里跌下的灰落在它的背上,
从台阶上滑下,忽地又作一跃,
看到这是个温柔的十月之夜,
围着房子蜷了一圈,然后呼呼入睡。

啊确实,将来总会有时间
让黄色的雾沿着街道悄悄滑行,
在玻璃窗上擦着它的背脊,
将来总会有时间,总会有时间
准备好一副面容去和你相见;
将来总会有时间去谋杀和创造,
去从事人手每天的劳作,
在你的茶盘上提起又放下一个问题,
有时间给你,有时间给我,
还有时间一百次迟疑不决地想,
还有时间一百次出现幻象和更改幻象,
在用一片烤面包和茶之前。

在房间里女人们来了又走,

嘴里谈着米开朗基罗。

啊确实将来总会有时间

去怀疑,"我敢吗?""我敢吗?"

会有时间转身走下楼梯,

我头发中露着一块秃斑——

(她们会说:"他的头发多稀!")

我穿着晨礼服,腭下的领子笔挺

领结雅致而堂皇,但为一个简朴的别针系定——

(她们会说:"可他的胳膊腿多么细!")

我是不是敢

扰乱这个宇宙?

在一分钟里还有时间

决定和修改决定,过一分钟又推翻决定。

因为我已熟悉了她们的一切,熟悉了她们的一切——

熟悉了那些黄昏、早晨和下午,

我已用咖啡匙把我的生活量出;

我知道人声随着隔壁的音乐的

渐渐降下而慢慢低微、停歇。

所以我又怎样能提出?

因为我已经熟悉了那些眼睛,熟悉了她们的一切——
那些眼睛用一句公式化的句子把你盯死,
而当我被公式化了,在钉针下爬,
当我被钉在墙上,蠕动挣扎,
那么我又怎样开始
吐出我的日子和习惯的全部烟蒂头?
所以我又怎样能提出?

因为我已熟悉了那些胳膊,熟悉了她们的一切——
戴上手镯的胳膊,裸露、白净,
(但在灯光下,淡褐色的汗毛茸茸)
是不是一件衣服里来的香气
使得我们话语这样离题?
卧在一张桌子上的胳膊,或裹着一条纱巾。
我那时就该提出吗?

我又怎样开始?

……

我是否要说,我在暮色中走过狭隘的街道
我看到只穿着衬衫的男人,孤独地
倚在窗口,烟斗中的烟袅袅升起?……

我本应成为一对粗糙的爪子
急急掠过静静的海底。

……

还有那下午，那傍晚，睡得如此安详！
为纤长的手指爱抚轻轻，
睡了……倦了……或者装病，
躺在地板上，这里，在你和我的身边。
用过茶水、点心、冰激凌后，我
有力量把这一时刻推向决定性的关头？

但我虽然已经哭泣和斋戒、哭泣和祷告，
虽然我看到过我的头（微微变秃）在一只盘子中递进，
我不是先知——这也不是什么了不起的事情；
我见到过我的伟大的时刻晃摇，
我见到过那永恒的"侍从"捧着我的外衣，暗笑，
一句话，我怕。

而且，到底是不是值得，
当饮料，橘子酱和茶都已用完，
在瓷器中间，在你和我的一场谈话中间，
是不是值得带着一个微笑
把这件事情啃下一口，

把这个宇宙挤入一只球,

把球滚向某个使人不知所措的问题,

说:"我是拉撒路[8],我将告诉你们一切。"——

而万一那个人,把她枕头在脑后整一整,

说道:"那根本不是我的意思。

不是,根本不是。"

而且,到底是不是值得,

是不是值得,

夕阳西下,在庭院漫步,街道洒了水后

读小说、用茶点,长裙曳地之后——

这个,还有更多的?——

要说我正想说的不可能!

但仿佛幻灯把神经的图样投上了荧幕,

是不是值得,

如果一个人,放好一个枕头或扔掉一块纱巾,

转身向窗子说道:

"那根本就不是,

那根本就不是我想说的。"

……

不,我不是哈姆雷特王子,生下来就不是;

[8] -《圣经·约翰福音》中记载的人物,他病危时没等到耶稣的救治就死了,但耶稣一口断定他将复活,拉撒路果然复活,证明了耶稣的神迹。

我只是个侍从爵士，这样一个人，
为一次巡行捧捧场，闹出一两个好笑的场景，
给王子出出主意，毫无疑问，一件顺手的工具，
服服帖帖，能派点用处也就知趣，
考虑周到，小心翼翼，战战兢兢，
满口华丽的词藻，但有一点愚笨，
有时，几乎是个丑角。

我老了……我老了……
我将要把我的裤脚卷得高高了。

我将我的头发往后分？我真敢吃桃子？
我将漫步在海滩上，穿着白法兰绒裤子。
我听到过美人鱼彼此唱着曲子。
我想她们不会为我歌唱。

我看到过美人鱼骑波驰向大海，
梳着被风吹回的白发般的波浪，
当狂风把海水吹得又黑又白。

我们在大海的房间里逗留，
那里海仙女佩戴红的、棕的海草花饰，
一旦人的声音惊醒我们，我们就淹死。

情歌无情

衡量标尺

说到 20 世纪的现代诗歌，T.S. 艾略特是一个绕不过去的丰碑式人物，也是一把衡量其他诗人的标尺。给某一个诗人作历史定位，他或者是前艾略特的，或者是后艾略特的；要么是学艾略特的，要么是反艾略特的；无论如何，要走出艾略特的阴影才行。

欧洲寻梦

艾略特的父母给他作的职业生涯规划，本来是一个哲学教授；但他们终究拗不过时代大潮，艾略特像当时许多美国青年才俊一样，一定要去欧洲镀个金才能一了心愿。谁知这一去，恰如肉包子打狗，再不能回到原来的轨道上来。哪怕是窝在伦敦苦其心智、劳其筋骨，从中学老师、银行职员的边缘角色做起，他的心也已经被做一个开风气之先的伟大诗人的梦想绑定了。

在伦敦的一个小插曲，为艾略特艰难的寻梦之旅做了非常有趣的注脚。当时，他和新婚妻子薇薇安租住在一幢条件相当不怎么样的公寓楼内，楼上住着两个女人。这两位似乎是不入流的歌星，但是给自己惯出个毛病，就是喜欢噪音扰民：要么开着窗子跟马路上的人高声说话；要么就在深夜里把留声机开得山响。艾略特去向房东投诉，房东的回答却让他哭笑不得："你看，先生，人家是艺术家，总是有点个性，她们和咱们这样的普通老百姓不一样，咱们得多包涵着点，是不是这个理儿？"

庞德的友谊

当然也不能忽略了"勾死鬼"庞德的作用。如果不是庞德的支持，艾略特的诗人生涯可能没这么义无反顾，毕竟他的创作危机时不时地发作一回，让他打起退堂鼓，就像薇薇安的精神病一样——话说，薇薇安与艾略特的婚姻，的确经常搞得他心力交瘁，真说不上幸福。

庞德作为在伦敦作家圈里兴风作浪的人物、有名的热心肠，一读艾略特的诗，就认定此子日后必有大成，说他"实际上已经经历了自我训练，全凭自己的力量使自己现代化了"，并且投入超乎寻常的热情帮助他。他把他推荐给英国和美国的文学圈子，帮他出版第一部诗集（这部诗集的印刷费，还是庞德夫人多萝西赞助的），替他向他的父母说项（你们的儿子一定会成功的），为他删削《荒原》，甚至想组织作家朋友们凑钱供养他，把他从劳埃德银行的岗位上解救出来，专事写作，只是艾略特本人不情愿才作罢。

朋友做到这个分儿上,也算是"前无古人"了。

美学范式的雏形

经了庞德妙手的《荒原》问世不久,便迅速经典化了,模仿者众多。究其原因,有一条是,艾略特在其中独创的、带有很强破坏性的美学范式,这在当时绝对是个稀缺资源。就像庞德说的,"艾略特想到了一些我没想过的东西。如果还有谁想到了,我就不是人。"

艾略特把诗歌的抒情属性硬生生扭转过来,让它变成包罗万象的容器,可以涵纳个人经验、道听途说、历史神话、前人典故、梦想幻觉、插科打诨,等等等等,再以拼贴画的形式加以组合、展示。其中最突出的是戏剧化场景的设置和变换,抒情主人公的角色化,以及诗人在其中的退隐。

但是,这种诗风,不能说是《荒原》首创的,它在艾略特的第一首成熟作品《杰·阿尔弗莱特·普鲁弗洛克的情歌》(下文简称《情歌》)中,就已经大体具备了。这首诗发表于1915年,实际上写于1911年,当时艾略特23岁,刚到欧洲不久,诗的内容中还带有明显的美国印记。庞德夸赞艾略特"全凭自己的力量使自己现代化了",就是读了这首诗后作出的判断。

主题与定位

《情歌》写的是什么?对于面对文本一头雾水的读者来说,这恐怕是首先要解决的问题。

简单说，艾略特设置了一个特定的戏剧化场景：一个未老先衰的城市青年要去赴一个有很多女人在场的聚会，他甚至可能想向其中的某一位表白，但他的怯懦、拘谨、不自信和社交恐惧症让他迟疑不决，很难付诸行动，所以他翻来覆去地考虑怎么办、怎么开口，最后也没想出个所以然，只留下一场内心戏份十足的白日梦。

关于本诗的定位，第一句就隐含了大量的信息。

那么让我们走吧，我和你，
当暮色蔓延在天际
像一个病人上了乙醚，躺在手术台上；

首先是 Who。诗里两个人物，我和你，分别是谁？显然，"我"就是普鲁弗洛克。至于"你"是谁，有多种解读。有说是读者，有说是普鲁弗洛克的一个同伴，有说是他内心里另一个"我"。总之，是一个言说所针对的对象、客体。

然后是 When。"暮色"说明时间是傍晚，但这个傍晚上了麻醉等待手术，说明它是不健康的，所以又是将时间指称为病态的时代。

最后是 Where。这个要参看后面提到的"黄色的雾"才能确定。在艾略特的家乡圣路易斯，最常见的景观，是工业时代密西西比河沿岸的工厂里飘出的黄色浓烟，无处不在。艾略特在诗里把这雾形象地写成了在窗玻璃上蹭脊背、蹭嘴的猫，那种挥之不去的压迫感十分强烈。廉价旅馆、脏兮兮的小饭馆是对圣路易斯贫民窟的写实。因此可以断定，地点是艾略特的家乡，凋敝、丑陋的现代城市圣路易斯。

告白的对象

普鲁弗洛克要去告白的对象是什么人呢?

在房间里女人们来了又走,

嘴里谈着米开朗基罗。

她应该就是这些附庸风雅的无聊城市女性中的一员。这些女人势利、尖刻、爱嘲笑人;普鲁弗洛克想去又不敢去,顾虑之一就是怕她们嘲笑自己的秃顶和细胳膊细腿。他一方面受到她们的诱惑(闻见了"衣服里的香气")而不能自拔,一方面也很清楚,她们并不像表面上那么美好(敏感的他注意到,她们白净的胳膊上"淡褐色的汗毛茸茸")。她们还是虚伪的,自己说过的话、做过的事(比如卖弄风情,让普鲁弗洛克这样的人上钩),可以轻描淡写地一笔勾销:

"那根本就不是,

那根本就不是我想说的。"

当代英雄

而普鲁弗洛克又是个什么样的人?

他显然很有文化。他想问题的时候,一会儿引用《圣经》("将来总会有时间"），一会儿化用莎士比亚和约翰·邓恩[9]的诗句；一会儿把自己想象成被砍头的施洗约翰——"我看到过我的头（微微变秃）在一只盘子中递进"——一会儿又拿自己的优柔寡断和哈姆雷特作对比。

施洗约翰故事，出自《新约·马太福音》，简单说一下：因为约翰阻止巴比伦国王希律娶弟妇希罗底，希律将他囚禁，但因他是先知，又不敢杀他。后来，希罗底的女儿莎乐美爱上约翰而不得，由爱生恨，要求希律把约翰杀掉，把他的头放在盘子上给她。希律照办了。

普鲁弗洛克自卑懦弱，优柔寡断。表白对他而言是个天大的负担，他不断地问自己："我敢吗？我敢吗？"即便是作出了决定，也会因为不自信，在下一分钟反悔：

> 在一分钟里还有时间
> 　决定和修改决定，过一分钟又推翻决定。

这个普鲁弗洛克根本与哈姆雷特无法相提并论，也许可以勉强算一个莱蒙托夫的"当代英雄"[10]吧。

9- 约翰·邓恩（1572—1631），17世纪英国玄学派诗人、教士，艾略特特别推崇。

10- 《当代英雄》是俄国作家莱蒙托夫（1814—1841）创作的长篇小说。小说的主人公毕巧林是青年贵族军官，过着空虚无聊的生活，然而内心深处却始终埋藏着有所作为的渴望。

情歌无情

对所谓"情歌"两端的角色的分析，说明这样的爱情是不可能存在的，说"有欲无情"都有些勉强，他们基本的生命力已经非常稀薄，精神面临着枯竭。

实际上也是如此。全诗只是普鲁弗洛克的心理独白，他甚至都没有走出自己的家门一步；陷于疲惫和绝望情绪中的他，最后只能"在大海的房间里逗留"，做白日梦，而且希望这个梦越晚醒来越好，不至于"淹死"。

这一首"情歌"，实际上是时代病的一个心理学案例，是一个社会问题分析样本，还是艾略特自己一个大胆的文体实验文本，唯独不是爱情之歌。

《情歌》写了一个角色的失败和一个时代的病态，却建立了一种新的美学范式。这种美学范式即便不是前所未有的，也从未如此质密、完整、坚决、体系化地加以呈现，预示了一场影响深远、持久的诗歌革命的开端。必须再强调一次，艾略特当时还只是一个空怀雄心却前途未卜的 23 岁青年，应该没有料到自己日后会成为现代诗歌的泰山北斗，使得诗歌的 20 世纪或多或少成为他的世纪。

他只是做了他觉得应该做的事：让诗歌从诗人的喉咙间走出，在非抒情的戏剧化场景里展开；替角色说话，真实的自己却从场景里悄悄隐身；随意引用、借用、化用《圣经》、但丁、莎士比亚，但都化作自己的声音；让点滴散碎的个人经验，在诗的拼贴画中找到妥帖的位置；让个别语句在富于匠心的重复或延宕中成为关键，赋予诗所必需的"调子"……

说句极端点的话，他一直在（用作品）教后进的诗人们如何写诗。这也是我的切身体会。

延 伸 阅 读

海伦姑妈

作者丨T.S. 艾略特
译者丨赵毅衡

点评

这是一首讽刺诗。冷漠的殡仪馆老板,放肆的跟班,假正经的侍女,甚至刚刚死去、惹人厌的姑妈,诗中每一个角色都是艾略特尖锐讥刺的对象。他用这样一组人物群像,对现代人的精神荒漠作了一次描摹。诗的风格是强硬、粗粝的,有强烈的反抒情倾向。

我的姑妈老处女海伦·斯林斯比，
住在豪华区广场旁一幢房子里，
四个仆人照顾她的起居，
现在她死了，天堂一片宁静，
她住的那个街头也是寂然无声。
百叶窗关了，殡仪馆老板掸掸鞋灰，
他很明白这种事情远非第一回。
狗的供应照常是相当丰盛，
但是不多久鹦鹉却也死去。
德累斯顿壁钟仍在炉架上滴答，
跟班此时却坐到餐桌上面，
把第二个侍女搂在膝盖上，
女主人生前她可一向谨慎。

一个哭泣的年轻姑娘

作者 | T.S. 艾略特
译者 | 裘小龙

点评

艾略特1911年去意大利一座博物馆参观,找一座哭泣少女的雕塑没找到,就用一首诗再现了这座雕塑。在诗中,姑娘、情人及诗人本人,这三个角色造成了一个戏剧化的情境,角色之间还有微妙的互换。姑娘等情人不到,满心哀怨,她代表浪漫;情人正准备离开她,却考虑怎样提出而不伤人,他代表现实;诗人则钟情于表现,他介入这样复杂纠结的关系中,自己的艺术也被其中的易逝的美、痛苦、丧失等因素深深地影响了。

"我本该失去一个姿势和一个架子"这一句有些费解,其实其中的"架子"并不是一个书架或花架,而是姿势或样子的意思,就是现在我们照相时常说的"摆个pose"的pose。

"梳理,梳理着你秀发中的阳光"的少女形象非常美,令人印象深刻。这个角色在艾略特的生活中也有原型,就是艾略特在哈佛大学求学时结识的女友埃米莉·黑尔。艾略特的婚姻失败后,黑尔本来有意和他再续前缘、共同生活,可惜未果。

姑娘，我该怎样称呼你呢……

站在台阶的最高一级上——
倚着一只花园中的瓮——
梳理，梳理着你秀发中的阳光——
痛苦地一惊，将你的花束抱紧——
又将花束扔到地上，然后转过身，
眼中一掠而过的是哀怨：
但是梳理，梳理着你秀发中的阳光。

就这样我愿意让他离开，
就这样我愿意让她伫立，悲哀，
就这样他愿意远遁，
像灵魂离开那被撕碎和擦伤的躯体，
像大脑遗弃它曾使用过的身子。
我愿意找到
一条无可比拟的轻娴的途径，
一种你我两人都能理解的方式，
简单而无信，恰如握手和一笑。

她转过身去，但随着深秋的气候，

许多天，激发着我幻想，

许多天，许多小时；

她的头发披在臂上，她的臂上抱满鲜花，

我真诧异它们怎么会在一起!

我本应失去一个姿势和一个架子。

常常这些深思熟虑依然

在苦闷的午夜和中午的休息时使我感到惊讶。

为猫命名

作者 | T.S. 艾略特
译者 | 雷格

点评

这首诗出自艾略特的儿童诗集《老负鼠的现世猫书》。"老负鼠"是庞德给艾略特取的绰号,因为负鼠这种动物喜欢装死,和艾略特非常相像。著名的音乐剧《猫》就取材于这部诗集。

这首诗很有特点:一方面,它像其他儿童诗那样重想象力而轻逻辑和意义,因而显得"无厘头",好像是一场狂欢;另一方面,它又好像在卖弄学识,至少是假装卖弄学识,用迂腐的学究气增加其厚度。

为猫命名是件困难事情，
  那可不像你假日里玩个游戏；
你乍一听会觉得我是发了疯
  要是我跟你说，一只猫必须有三个不一样的名字。
首先，得有个家里人日常用的名字，
  比如彼得、奥古斯都、阿隆索或是詹姆斯，
比如维克多或是乔纳森，乔治或是比尔·贝利——
  全都是入情入理的平常名字。
还有些更炫酷的名字，如果你想让它们更悦耳，
  有的适合先生，有的适合女士：
比如柏拉图、阿德墨托斯、厄勒克特拉、德墨忒耳——
  但这全都是入情入理的平常名字。
可我告诉你，一只猫需要一个特别的名字，
  这名字要不同凡响，更加富丽堂皇，
否则他凭什么把尾巴翘得笔直，
  或是乍开胡须，或是得意扬扬？
说到这类名字，我能给你举出一组，
  比如蒙库斯陷阱、夸克索或是科里科拍打，
比如炸弹鲁丽娜，要么就用果冻洛卢姆——
  这类专属名号绝不会有第二只猫领下。

但是还剩下一个无与伦比的名字,

　　这个名字你绝对猜不出来;

人类的所有研究都不能将它揭示——

　　但是**猫自己知道**,而永远不会坦白。

当你注意到一只猫陷入玄想,

　　个中原因,我告诉你,总是一致:

他的头脑正专注于苦思冥想

　　他的名字的奥义、奥义、奥义:

　　　　他那不可言说而可言说的

　　　　可言说而不可言说的

高深、难解、独一无二的名字。

扫 码 收 听
雷格为你读诗

07

博尔赫斯

Borges

啊
还有你的头发那更为迷人的金色
我这双手多么渴望着去抚摩

豪尔赫·路易斯·博尔赫斯（1899—1986），阿根廷诗人、小说家、散文家、翻译家，是与帕斯、聂鲁达齐名的拉美三大诗人之一，被誉为"作家中的作家"。生于布宜诺斯艾利斯一个有英国血统的律师家庭，曾任阿根廷国家图书馆馆长，掌握英、法、德等多国文字。作品涵盖多个文学范畴，包括短篇小说、随笔小品、诗歌、文学评论、翻译文学等。著有短篇小说集《小径分岔的花园》《虚构集》《阿莱夫》，诗集《布宜诺斯艾利斯激情》《另一个，同一个》《老虎的金黄》等。

老虎的金黄

作者 | [阿根廷] 豪尔赫·路易斯·博尔赫斯
译者 | 林之木

那威猛剽悍的孟加拉虎

从未曾想过眼前的栅栏

竟会是囚禁自己的牢房,

待到日暮黄昏的时候,

我还将无数次地看到它在那里

循着不可更改的路径往来奔忙。

此后还会有别的老虎,

那就是布莱克的火虎;

此后还会有别的金黄,

那就是宙斯幻化的可爱金属,

那就是九夜戒指:

每过九夜就衍生九个,每个再九个,

永远都不会有终结之数。

随着岁月的流转,

其他的绚丽色彩渐渐将我遗忘,

现如今只剩下了

模糊的光亮、错杂的暗影,

以及那初始的金黄。

啊，夕阳的彩霞，啊，老虎的毛皮，
啊，神话和史诗的光泽，
啊，还有你的头发那更为迷人的金色，
我这双手多么渴望着去抚摩。

让时光的流逝使我安心

波荷士是谁

博尔赫斯最初被介绍到中国的时候名字不是这个,而叫波荷士,给他的定性是"颓废的极端主义作家"。幸亏没有沿用至今,"波荷士",一听就不像好人,总觉得有股大资产阶级文化打手的凶狠劲儿。

还是高大上的"博尔赫斯"和他比较搭:博学,斯文,玄奥,身为"作家中的作家"享有无上尊荣和地位。

博尔赫斯与苏东坡

帕斯在评价博尔赫斯时说:"他的随笔读起来像小说,他的小说读起来像诗,他的诗让人以为是随笔。联系三者的,是思想。"帕斯毕竟内行眼毒,他为博尔赫斯归纳的"三位一体",实际上也在点明"博尔赫斯是一个文学的集大成者"这一事实。

说起集大成,让人不由得想到苏轼,中国文学史上一个神级人物,诗、文、书、画无一不绝。约略想来，他们还真有几分相似。除去才具学识的超卓，二人在政治上都有激烈之举，苏轼与王安石新党誓不两立，博尔赫斯以一介寒儒一再挑战独裁者庇隆；也都因此挨了整，苏轼被贬去黄州当团练副使，博尔赫斯则被羞辱性地任命为市场家禽家兔稽查员。

当然，他们之间最像的恐怕还是那种老派、执拗的文人气。博尔赫斯的文人气质多少来自他父亲的藏书室，那是他童年的游乐场。读书和写作对于他是一种天然的选择，带有游戏色彩，不用费劲儿。藏书室里大量的英文书籍使得他从人生开初就获得了广阔的视野，所以是他，而不是其他某个阿根廷作家，最终写出了《小径分岔的花园》这样开风气之先的虚构作品，以及那些浑然天成的诗。

不妨这么说，博尔赫斯的文学大于阿根廷文学，其地方性和民族性远远小于其世界性。

老虎迷恋史

博尔赫斯对老虎的痴迷贯穿了他的一生。

据他母亲回忆，他小时候常常和妹妹诺拉一起去布宜诺斯艾利斯的巴勒莫动物园看老虎，直到夕阳西下、动物园静园时还恋恋不舍，只有"不准读书"这个威胁才能让他含泪离开。

博尔赫斯曾说，他的作品不过写了几个意象，如镜子、迷宫、百科全书等。其实，老虎也应该算一个，它由男孩子的小小执念逐渐演化成美、力量、明亮、火热、想象力和情欲的代名词，因而富于形而上的韵味，是最有温度的一个意象。

关于老虎，他写过《梦中的老虎》《另一只老虎》《虎》《老虎的金黄》《我最后的虎》等诗，还写过小说《蓝虎》。有趣的是，在他去世前两年，他第一次也是最后一次真正摸到了老虎，使他的老虎迷恋史有始有终。

栅栏后的老虎

《老虎的金黄》大概写于博尔赫斯70岁的时候，通篇围绕"老虎的金黄"这一核心意象展开回忆和情感抒发。全诗一共有四个句号，恰好把诗分成了四个单元。

一至六行为第一单元，回忆他儿时去动物园看老虎的情形。他流连忘返，看老虎一直看到"日暮黄昏的时候"，这与他母亲的回忆有着惊人的一致。

栅栏的意象及老虎在笼中"循着不可更改的路径往来奔忙"的形象，很容易让人想到里尔克的名诗《豹》。二者观察的角度类似，都是站在兽笼外面看焦躁不安的困兽，但里尔克写的是咏物诗，更像一幅写生画，为了消除距离感，有自我的强行代入，紧张感超强；博尔赫斯的诗是怀旧诗，出自个人经验的情感因素更多些，对老虎皮毛呈现的金黄色的迷恋带有鲜明的童真特征。

老虎在知识中

七至十三行为第二单元，回顾自己在获取知识的人生历程中，如何通过阅读和学习，丰富对于金黄的体验。

"布莱克的火虎"指的是英国诗人威廉·布莱克的名诗《老虎》,他在诗中将老虎比作烧穿黑夜的火焰,意象暴烈。

说到"别的金黄"时,博尔赫斯用了两个典故,都是从老虎颜色与黄金近似的属性着手的。

"宙斯幻化的可爱金属"指金雨,出自希腊神话:一贯四处留情的主神宙斯,见到被父王关在地窖里(或塔中)的阿尔戈斯公主达那厄,心生爱慕,乘她熟睡的时候化作一阵金雨与她交合。此后达那厄诞下了半神、英雄珀耳修斯。

"九夜戒指"来自冰岛史诗《散文埃达》。这枚指环叫德罗普尼尔,意为"滴落者",是侏儒兄弟辛德里和勃洛克为北欧神话中的主神奥丁打造的神器。其神奇之处是每到第九个夜晚,会自动变成九个戒指;再到第九个夜晚,九个戒指又各自变成九个;就这样循环往复,无穷无尽地呈几何级数增长。

在这里要澄清一下,有的解读者将这二者混为一谈,说成是"宙斯的指环",显然不对了。

伤感的盲诗人

第三单元从十四到十八行,写的是他自己的失明。由于家族遗传,博尔赫斯一直患有眼疾,到1955年就完全不能视物了。恰恰是这一年,他被任命为阿根廷国家图书馆馆长。这对他来说充满着吊诡:"上帝同时给我书籍和黑夜,/这可真是一个绝妙的讽刺"。

> 其他的绚丽色彩渐渐将我遗忘,
> 现如今只剩下了
> 模糊的光亮、错杂的暗影,
> 以及那初始的金黄。

不说是我忘记绚丽色彩,而说绚丽色彩将我遗忘,对失明者被世界抛弃的心理状态描摹得非常精准,值得揣摩体会。

"模糊的光亮、错杂的暗影"是对他身处其中的无尽黑暗的主观感受,这感受很不好受;作为漫漫长夜中唯一一抹生命的亮色支撑、温暖着他的,是"初始的金黄",是童年的老虎。它之所以能够存在,完全是因为在生命的开初给他的震撼太过强烈了。

时光之歌

十九至二十二行是最后一个单元,写的是无奈中的小小愿望。他希望尽可能地感受所有的金黄色,感受晚霞,感受老虎的皮毛,感受神话和史诗的金色光泽,或者说,感受这个世界的美。

到了诗的结尾,他笔锋一转,突然讲到了爱人迷人的金色头发。

> 啊,还有你的头发那更为迷人的金色,
> 我这双手多么渴望着去抚摩。

虽然通篇没有任何铺垫,这个形象的出现是令人意外的,但他处理得很自然，不带任何斧凿的匠气。在这里，只有更加令人伤感的伤感，只有对时光的无限眷恋。

极端点说吧，时光可能是诗歌的唯一主题。

从表面上看，这首诗写的是金黄的颜色；实际上，这也是一首献给时光的感怀之作：感叹人的老去，感叹美的消散，也感叹时间的流逝。

但这并不消极，也并不"颓废"；博尔赫斯在回答"为什么写作"这个问题时还说过一句话，是我最喜欢的：

让时光的流逝使我安心。

延 伸 阅 读

南 方

作者 | 豪尔赫·路易斯·博尔赫斯
译者 | 陈东飚

点评

这首诗出自博尔赫斯的第一部诗集《布宜诺斯艾利斯激情》。他在一个宁静的夜晚仰望星空,并且关注周边的事物,由此思考诗的本质:说到底,诗首先关乎人的感受。

从你的一座庭院,曾经眺望

古老的星星;

从一张阴影里的长凳,

曾经眺望

这些零散的光点;

我的无知从没学会为它们命名,

也排不成星座;

曾经觉察到秘密水池里

流水的循环;

素馨花和忍冬的香气,

安睡的鸟儿的宁静,

门厅的弯拱,潮湿

——这些事物,也许,就是诗。

关于天赐的诗

作者 | 豪尔赫·路易斯·博尔赫斯
译者 | 林之木

点评

1955 年 10 月，博尔赫斯被任命为阿根廷国家图书馆馆长，可是当时他已渐渐失明，几乎不能视物。这首诗写的就是当时的复杂心境，并且在开篇即指出这种讽刺和吊诡。博尔赫斯有一篇随笔《失明》，也写到了这首诗的缘起，有的话，比如"我心里一直都在暗暗设想／天堂应该是图书馆的模样"，在随笔中和在诗中是一模一样的。这就是帕斯所说的，"他的诗让人以为是随笔"，也能解释为什么此诗在格律和音韵上如此严谨，但读起来仍然如此松弛，如此优雅。

博尔赫斯在诗中提到亚历山大，是因为亚历山大在古代曾经拥有世界上最大的图书馆。诗中提到的那位国王，应该是古希腊的西庇洛斯国王坦塔罗斯，他得罪诸神，下了地狱。受罚的他永远喝不到身下的池水、吃不到头顶的果子。"那位死去了的前辈"就是后面提到的保罗·格罗萨克（1848—1929），原为法国人，后移居阿根廷；他是位历史学家，也做过国家图书馆的馆长，而且同样是个盲人。

上帝同时给我书籍和黑夜，
这可真是一个绝妙的讽刺，
我这样形容他的精心杰作，
且莫当成是抱怨或者指斥。

他让一双失去光明的眼睛
主宰起这卷册浩繁的城池，
可是，这双眼睛只能浏览
那藏梦阁里面的荒唐篇什，

算是曙光对其追寻的赏赐。
白昼徒然奉献的无数典籍，
就像那些毁于亚历山大的
晦涩难懂的手稿一般玄秘。

有位国王（根据希腊的传说）
傍着泉水和花园忍渴受饥；
那盲目的图书馆雄伟幽深，
我在其间奔忙却漫无目的。

百科辞书、地图册、东方和
西方、世纪更迭、朝代兴亡、
经典、宇宙及宇宙起源学说,
尽数陈列,却对我没有用场。

我心里一直都在暗暗设想
天堂应该是图书馆的模样,
我昏昏然缓缓将空幽勘察,
凭借着那迟疑无定的手杖。

某种不能称为巧合的力量
在制约着这种种事态变迁,
早就有人也曾在目盲之夕
接受过这茫茫书海和黑暗。

我在橱间款步徜徉的时候,
心中常有朦胧的至恐之感:
我就是那位死去了的前辈,
他也曾像我一样踽踽蹒跚。

人虽不同,黑暗却完全一样,
是我还是他在写这篇诗章?
既然是厄运相同没有分别,
对我用什么称呼又有何妨?

格罗萨克或者是博尔赫斯，
都在对这可爱的世界瞩望，
这世界在变、在似梦如忘般
迷茫惨淡的灰烬之中衰亡。

致一枚钱币

作者 | 豪尔赫·路易斯·博尔赫斯
译者 | 王永年

点评

博尔赫斯在这首诗中的举动——向海里扔出一枚钱币,很像法国诗人瓦雷里所为,不过瓦雷里是向大海中倒葡萄酒。博尔赫斯似乎是在探讨偶发行为对历史进程的影响,就像"蝴蝶效应"——亚马孙热带雨林里一只蝴蝶扇动翅膀会引发美国得克萨斯州的一场龙卷风,但实质上,他仍然是在对人生发感慨,对时间作形而上的思考。

我从蒙得维的亚启航的那晚风大浪急。

转过塞罗山时,

我在最高一层甲板上扔出一枚钱币,

寒光一闪,在浊水中淹没,

时间和黑暗卷走了发光的物体。

我感到自己干了一件不可挽回的事,

在地球的历史上增添了两串

不断的、平行的、几乎无限的东西:

一是忧虑、爱和变迁组成的我的命运,

另一是那个金属圆片,

被水带到无底深渊

或者遥远的海洋,在那里

撒克逊人和维京人的遗骸仍受到侵蚀。

我梦中或不眠的每一时刻

总是同不知名的钱币的另一时刻印证。

有时候我感到后悔,

有时候我感到妒忌,

妒忌你像我们一样,

处于时间和它的迷宫中间而不自知。

扫码收听
雷格为你读诗

奥登

Wystan Hugh Auden

靠耕耘一片诗田
把诅咒变为葡萄园

W.H. 奥登（1907—1973），英国诗人、评论家。生于英国约克郡，毕业于牛津大学，是英国 20 世纪 30 年代最杰出的诗人，那一代诗人即史称"奥登一代"。后成为美国公民。奥登被认为是继艾略特之后最优秀的英语诗人。奥登的作品数量巨大，主题多样，技巧高超，身后亦备受推崇，其独特风格对后辈作家影响深远。著有诗集《雄辩家》《新年来信》《阿喀琉斯之盾》《向克里奥致敬》《无墙的城市》，诗文集《战地行纪》，文学评论集《染匠之手》等。

悼念叶芝

作者｜［英］W.H. 奥登
译者｜穆旦

一

他在严寒的冬天消失了：

小溪已冻结，飞机场几无人迹，

积雪模糊了露天的塑像；

水银柱跌进垂死一天的口腔。

呵，所有的仪表都同意

他死的那天是寒冷而又阴暗。

远远离开他的疾病

狼群奔跑过常青的树林，

农家的河没受到时髦码头的诱导；

哀悼的文辞

把诗人的死同他的诗隔开。

但对他说，那不仅是他自己结束，

那也是他最后一个下午，

呵，走动着护士和传言的下午；

他的躯体的各省都叛变了，

他的头脑的广场逃散一空,

寂静侵入近郊,

他的感觉之流中断：他成了他的爱读者。

如今他被播散到一百个城市,

完全移交给陌生的友情；

他要在另一种林中寻求快乐,

并且在迥异的良心法典下受惩处。

一个死者的文字

要在活人的腑肺间被润色。

但在来日的重大和喧嚣中,

当交易所的掮客像野兽一般咆哮,

当穷人承受着他们相当习惯的苦痛,

当每人在自我的囚室里几乎自信是自由的

有个千把人会想到这一天,

仿佛在这天曾做了稍稍不寻常的事情。

呵，所有的仪表都同意,

他死的那天是寒冷而又阴暗。

二

你像我们一样蠢；可是你的才赋

却超越这一切：贵妇的教堂，肉体的

衰颓，你自己；爱尔兰刺伤你发为诗歌，
但爱尔兰的疯狂和气候依旧，
因为诗无济于事：它永生于
它的辞句的谷中，而官吏绝不到
那里去干预；"孤立"和热闹的"悲伤"
本是我们信赖并死守的粗野的城，
它就从这片牧场流向南方；它存在着，
是现象的一种方式，是一个出口。

三

泥土呵，请接纳一个贵宾，
威廉·叶芝已永远安寝：
让这爱尔兰的器皿歇下，
既然它的诗已尽倾洒。

时间对勇敢和天真的人
可以表示不能容忍，
也可以在一个星期里，
漠然对待一个美的躯体，

却崇拜语言，把每个
使语言常活的人都宽赦，
还宽赦懦弱和自负，

把荣耀都向他们献出。

时间以这样奇怪的诡辩
原谅了吉卜林和他的观点,
还将原谅保尔·克劳德,
原谅他写得比较出色。

黑暗的噩梦把一切笼罩,
欧洲所有的恶犬在吠叫,
尚存的国家在等待,
各为自己的恨所隔开;

智能所受的耻辱
从每个人的脸上透露,
而怜悯底海洋已歇,
在每只眼里锁住和冻结。

跟去吧,诗人,跟在后面,
直到黑夜之深渊,
用你无拘束的声音
仍旧劝我们要欢欣;

靠耕耘一片诗田

把诅咒变为葡萄园,
在苦难的欢腾中
歌唱着人的不成功;

从心灵的一片沙漠
让治疗的泉水喷射,
在他的岁月的监狱里
教给自由人如何赞誉。

挽歌献给精神上的父亲

大诗人

关于如何成为一个大诗人,英国诗人奥登曾经开列五个条件,认为必须具备其中三个半才算过关:一是多产;二是在题材和处理手法上必须范围广阔;三是在洞察人生和风格提炼上,必须显示出独一无二的创造性;四是在诗的技巧上必须是一个行家;五是诗作的成熟过程要一直持续到老。

可能正是这样的自我暗示和自我期许,鞭策着奥登成长为诗歌巨人,在20世纪的诗歌版图上占据了显赫的位置。他的诗别开生面,惯开风气之先,为诗歌提供了新的美学范式,题材驳杂、广阔,诗艺纯熟、不拘一格,诗风冷静、克制、邃远,处处显露着智性的冷峻光辉。

可以说,奥登摆出的五个条件,他自己一个人都占全了。

他在中国也是拥趸无数。20世纪40年代的西南联大诗人群就有好几位以他为艺术标杆,亦步亦趋;而在今天,单是一句"倘若爱不可能有对等,/愿我是爱得更多的那人",就让多少文青顷刻泪奔。

甚至想给他找出一两首代表作也是困难的，他的好诗太多太多，像《在战争时期》《名人志》《西班牙》《美术馆》《石灰岩颂》《阿喀琉斯之盾》《谢谢你，雾》，等等。

挽歌献给精神上的父亲

我选择名诗《悼念叶芝》来解读，是因为这不是一首普通的伤怀之作，而是诗人奥登怀着非常矛盾、复杂的心情为他精神上的父亲叶芝写下的挽歌，并且深入地探讨了诗歌的处境、诗人的使命等重要话题。

现代英语诗歌流变有一条清晰的主脉络，即叶芝—艾略特—奥登，三位大师一脉相承，说叶芝是奥登的精神之父并不过分。但这首诗完全不像习见的悼亡诗，通篇并没有讲死者与自己的渊源，自己如何受惠于死者，死者应享有何等崇高赞誉，甚或草木有情、天地同悲云云，反而处处保持距离，处处有所保留，几乎没有情绪的波动，唯有语气中的一丝讥诮隐约可辨。

叶芝身上的某种特质是奥登深恶痛绝的，那就是无可救药的浪漫、无保留的真诚，以及自命不凡。在他看来，叶芝与政治的纠缠不清及晚年的转向神秘主义，都属于浪费才华；叶芝自诩的"随时间而来的智慧"，估计他也认为是无稽之谈。他甚至用这样极端的言辞来否认可能的师承："我的这些挽歌不是悲痛的诗……叶芝我也只是偶然见过，并不特别喜欢他。"

问题在于，如果奥登在叶芝身上辨认出了自己的浪漫主义基因，这种否定也包含了对他自己的痛苦否定。结果就是深深的矛盾纠结，就像面对自己不着调的父亲的某种老调重弹,你没法轻易赞同,除非你不够真诚,只想交差了事。

第一部分:冷酷世界里的悼念

奥登用三种诗体、三种调子完成了这首诗,显示出非凡的技艺。第一部分是无韵的自由体,第三人称,从各种角度反复描述"他死的那天是寒冷而又阴暗",而这种寒冷和阴暗不只是自然界的天气,更是一种现实世界的象征。

叶芝于 1939 年 1 月 28 日在法国辞世。1 月 29 日,奥登抵达纽约,这也是他人生的一个转折点:他将从一位英国诗人变成美国诗人。出于诗人的敏感,他将这个现代大都会的一些场景(空荡的飞机场、露天的塑像、时髦码头)直接写进了挽歌,以城市意象的冰冷无情挤压那些自然、田园的意象(小溪、狼群、常青的树林),因为"所有的仪表都同意",这种关于天气寒冷的判断是由机械生产的标准物作出的。"水银柱跌进垂死一天的口腔",是语感极出色的隐喻。

> *哀悼的文辞*
> *把诗人的死同他的诗隔开。*

叶芝的死将成为一个文化消费热点,但他所倾力构建的诗歌王国却面临崩解,人们是不会按照他的意愿去理解他的诗歌的。这种崩解,甚至是从王国内部开始的:

> 他的躯体的各省都叛变了,
>
> 他的头脑的广场逃散一空,
>
> 寂静侵入近郊,
>
> 他的感觉之流中断：他成了他的爱读者。

将肉体的死亡表现转换为地理或政治领域的譬喻,非常巧妙;不好理解的是"他成了他的爱读者"一句,其意思是,诗人一死,他就与芸芸众生没什么两样了,因为他丧失了言说的权柄,他的诗将一再遭到误读:

> 一个死者的文字
>
> 要在活人的腑肺间被润色。

当然,更为可怕的现实是,在这个股票交易所的掮客野兽般咆哮作为时代最强音的世界上,在这个人的卑微无处不在("每人在自我的囚室里几乎自信是自由的",这个主题在第三部分会有更深入的阐发)的世界上,一个诗人的死也没什么大不了,也许将来会有个千把人记得这一天略有不同?

奥登在这一部分写了现代世界的坚硬和冷酷,写了诗人之死如何作为消遣变了味道,最主要的是指出了诗歌在世界上尴尬的根本处境,也从侧面回应了叶芝一贯的自信。

第二部分：诗歌将幸存

诗体在此变换，奥登转而直接面对叶芝发言，降低了技巧的成分，完全诉诸坦诚的推心置腹。

对照流畅的原文可见，包括诗人穆旦（查良铮）在内的几位译者的理解都有小小的区别。我们不妨用串讲的方式来加深理解：

你好傻好天真（我们也一样），居然相信诗歌万能，它甚至不能帮你赢得意中人的芳心——此人就是叶芝苦恋了一生的茅德·冈，《当你老了》的主人公。好在你的天赋得以幸存，贵妇们的教区（两个突兀意象的组合，给世界画了幅不甚美好的像）、肉体的腐烂，以及你自己，都没有毁掉它。你倾尽心血的祖国爱尔兰辜负你、伤害你，让你只能躲进诗歌。爱尔兰是不会为你改变的，因为诗歌"百无一用"。诗歌在自足的语言里幸存，因为世间的大人老爷们没兴趣掺和。孤独和不绝的悲伤是我们困守的孤城，是我们的信仰和宿命。但诗歌将幸存，在有温度的歌唱里幸存。

虽然奥登依旧不动声色，但我解读至此，心痛无以复加。我想他也一样吧。

第三部分：把诅咒变为葡萄园

奥登在这一部分采用的抑扬格四音步诗体，在英语诗歌传统中运用得最为广泛，其中包括儿歌和童谣：强烈的韵脚，乒乒乓乓、有点滑稽的节奏，适合朗读或对公众发言。

于是，这一部分在对泥土或大地母亲接纳叶芝的请求中展开，而不继续寻求对内心世界复杂性的探求。

第二、三、四节讨论了时间的不仁：不能容忍勇敢和天真的人，而像吉卜林这样为帝国主义思想张目的诗人，仅凭其语言才能就能得到宽恕。保尔·克劳德，就是法国诗人保罗·克洛岱尔。这几节后来被奥登删去，这样做是有道理的。

第五、六两节写的是残酷的现实：仇恨令人类相互隔绝，欧洲笼罩在战争的阴云中，智能遭受耻辱，"怜悯的海洋"冻结。诗歌或诗人必须站出来说话了。

> 靠耕耘一片诗田
> 把诅咒变为葡萄园，

这是广为传颂的名句，以"诅咒"和"葡萄园"的强烈反差，强调诗人的根本使命：以美、爱和艺术完成现实关切。这既是对叶芝的无上褒奖，也是对诗歌本身的赞颂，虽然赞颂中有所保留："歌唱着人的不成功。"所谓人的不成功，在很大程度上是第一部分提到的，"每人在自我的囚室里几乎自信是自由的"，是他们对自由的深刻误解。

> 在他的岁月的监狱里
> 教给自由人如何赞誉。

最后两句诗是对叶芝一生的高度概括，赞颂了他拽着自己头发飞升的不懈努力，对他的矛盾和局限也报以最深切的理解和同情。这个赞颂和同情也是给所有诗人、给诗歌本身的，所以这同样是一首献给诗歌的挽歌。哪怕奥登自己都不能幸免：在威斯敏斯特教堂的诗人角，奥登的纪念碑上刻着的，恰恰就是这两句诗。尽管他通过辛苦劳作建造诗歌金字塔的诗歌抱负与此大异其趣，但有什么办法呢？像叶芝一样，奥登也成了他自己的"仰慕者"，这也是他的命运。

延 伸 阅 读

名人录

作者丨W.H. 奥登
译者丨马鸣谦、蔡海燕

点评

奥登此诗,从形式上看是一首音律谐和的十四行诗,从语调上看则充满讥讽的味道。他表面上在讥刺一种媒体和大众共同打造的关于成功人士的神话,绕到这个孔雀屏的背后拆穿假象;但在深层次上,是对现代文明的价值取向及理想状态的疑虑,讥刺背后隐含着深深的同情和叹息。

诗里所写的这个名人,有论者认为其原型是英国军官托马斯·爱德华·劳伦斯,就是在 1916 年至 1918 年的阿拉伯起义中扮演重要角色的"阿拉伯的劳伦斯"。而第二节所写的那个人,并不是他的妻子,而是他的同性伙伴,一个阿拉伯少年。读信却"不留片纸"的情节,暗指同性恋行为在社会上受到的压力。奥登本人就是个同性恋者,他对此必然深有感触。

一篇生涯小传会给你全部的事实：
父亲是如何揍他，他又是如何逃亡，
他青年时经历了怎样的奋斗，又是
何种行为塑造了他今日的伟人形象；
他如何打架、钓鱼、捕猎、彻夜工作，
头晕了仍去登新的山峰；还命名了海洋；
晚近的一些研究者甚至有此一说
爱曾使他痛哭流涕如同你我一样。

所有荣誉集于一身，他却为一个人叹息：
此人，据惊讶的评论家所言，守家安分；
会驾轻就熟地做些杂碎的家务活，
除此别无长项；会吹口哨；会呆坐，
要不就在花园里溜步；会回复几封
他写来的精彩长信，却不留片纸。

他被使用在远离文化中心的地方

作者 | W.H. 奥登
译者 | 穆旦

点评

奥登于 1938 年和小说家衣修伍德一起到中国访问，对中国的抗日战争进行战地报道，并写成了十四行组诗《在战争时期》。这首诗就是其中的第十八首，歌颂一个在战争中默默死去的中国士兵，强调这样一个无知识、无趣味、无自觉的无名小卒的牺牲，对于我们和平生活的重要价值和意义。从"被他的将军和他的虱子遗弃"这样的诗句中，我们仍能嗅出嘲讽和愤怒的气息。

他被使用在远离文化中心的地方，
又被他的将军和他的虱子遗弃，
于是在一件棉袄里他闭上眼睛
而离开人世。人家不会把他提起。

当这场战役被整理成书的时候，
没有重要的知识在他的头壳里丧失。
他的玩笑是陈腐的，他沉闷如战时，
他的名字和模样都将永远消逝。

他不知善，不择善，却教育了我们，
并且像逗点一样加添上意义；
他在中国变为尘土，以便在他日

我们的女儿得以热爱这人间，
不再为狗所凌辱；也为了使有山、
有水、有房屋的地方，也能有人烟。

爱得更多的那人

作者 | W.H. 奥登
译者 | 马鸣谦、蔡海燕

点评

奥登这首诗作于 1957 年。其时他已移居美国多年，经历了与美国青年卡尔曼相恋、卡尔曼移情、两人又达成和解的痛苦过程，所以我们可以从诗中读出一种落寞和感伤。个体和星辰的关系不对等，类似起兴的手法，最后还会落实到他个人感情生活的失落上来。奥登曾说："我所有的诗，都是为爱所写。"也可以说，爱是奥登诗歌的唯一主题。在写这首诗的时候，他已人到中年，爱的信念和激情还在，但索取变少，责任和担当变得更多，胸怀也因此无比开阔，达到了大爱的境界。

仰望着群星，我很清楚，
即便我下了地狱，它们也不会在乎，
但在这尘世，人或兽类的无情
我们最不必去担心。

当星辰以一种我们无以回报的
激情燃烧着，我们怎能心安理得？
倘若爱不可能有对等，
愿我是爱得更多的那人。

自认的仰慕者如我这般，
星星们都不会瞧上一眼，
此刻看着它们，我不能
说自己整天思念着一个人。

倘若星辰都已陨灭或消失无踪，
我会学着观看一个空无的天穹，
并感受它全然暗黑的庄严，
尽管这会花去我些许的时间。

扫码收听
雷格为你读诗

09

埃利蒂斯

柠檬树催促着夏日的花粉
青鸟从我的梦中飞渡

奥德修斯·埃利蒂斯(1911—1996),希腊诗人。生于希腊克里特岛,曾在大学学习法律,后留学巴黎攻读文学。"二战"时期在希腊军队服役。他纯熟地运用超现实主义等现代创作手法,与希腊的现实生活和文化传统相结合,创造出一种崭新的诗歌语言,被誉为"新希腊诗派之父"。1979年荣获诺贝尔文学奖,理由是"他的诗以希腊为背景,用感觉的力量和理智的敏锐描写现代人为自由和创新而奋斗"。著有诗集《方向》《初升的太阳》《英雄挽歌》《对天七叹》《理所当然》等。

"饮着科林斯的太阳……"

作者 | [希腊] 奥德修斯·埃利蒂斯
译者 | 李野光

饮着科林斯的太阳

读着大理石的废墟

大步走过葡萄园和海

将我的鱼叉对准

那躲避我的祭神用的鱼

我找到了太阳赞歌所记住的叶子

渴望所乐于打开的生活领域。

我喝水,采撷果实

将我的双手插入风的叶簇

柠檬树催促着夏日的花粉

青鸟从我的梦中飞渡

于是我离开,报以辽阔无边的一顾

这时我眼中的世界被从新创造了

又变得那么美好,按照内心的尺度!

手捧太阳而不被灼伤

便引诗情到碧霄

我年轻时习诗,外国诗人里头最喜欢的有两位:一位是艾略特,一位是希腊诗人奥德修斯·埃利蒂斯。如果将诗的艺术表现作个粗略的区分,艾略特的诗偏重诗思(里尔克更甚),埃利蒂斯的诗则展现出更多的诗情。

埃利蒂斯的诗以连贯的语流和充沛的意象取胜,但与同样借重意象的特朗斯特罗姆相反。较之画面感,埃利蒂斯的诗音乐性更强,诗风清丽、朝气蓬勃,更适合歌咏。实际上,他的许多作品在希腊都被谱曲、传唱。

让我稍感意外的是,埃利蒂斯现下在中国似乎被阅读得不多,几乎成了一个冷僻的诗人,豆瓣的埃利蒂斯小组和百度贴吧的埃利蒂斯吧都相当冷清。

所以,重读埃利蒂斯关于太阳的诗,除去带有追怀青春的意味,甚至有了一点重新挖掘埃利蒂斯的意义。

饮日诗人

《"饮着科林斯的太阳……"》是埃利蒂斯早期名作,选自诗集《初升的太阳》(1943)。

诗本身无题,就引用第一句作题目。他的很多作品都是这样的,像《"我不再认识黑夜……"》《"膝头受伤的孩子……"》《"用了多少石头,多少血,多少铁……"》,以及长篇代表作《理所当然》中的大部分诗。

埃利蒂斯的诗多取材爱琴海风物,其中赞颂太阳和光明的诗数不胜数。将对太阳的非凡热爱和想象力发挥到极致的就是这首了,直接将太阳作为生命之水开怀畅饮,真是气度非凡。他因此也被称为"饮日诗人""爱琴海歌手"。

埃利蒂斯的诺贝尔文学奖受奖演说,开篇即声明要"为光明和清澈发言",因为这二者才是他眼中希腊和希腊人的真实面貌和精神气质,而不是文艺复兴以来西欧强加给希腊的角色设定:理性主义传统的源头及其化身。

我曾在萨洛尼卡街头同一位热情、自信、感性的希腊海员有过一番交谈,他无论在形象上还是气质上,都与我头脑中荷马、苏格拉底、伯利克里[11]的希腊相去甚远。这种直观感受,使我对埃利蒂斯的判断有种盲目的信任,而且自然地,联想到中华文明在欧洲世界遭到的严重误

11- 伯利克里(公元前495—公元前429),古希腊奴隶制民主政治的杰出代表者,古代世界著名的政治家之一。他毕生致力于经营奴隶制民主政治,扩张雅典的势力。

读。我想这应该不算是过分解读，因为埃利蒂斯自己就说过，与欧洲或西方不同，"东方文化始终在希腊的精神世界中占有重要地位"。

埃利蒂斯所畅饮的太阳，就是他所说的"形而上的太阳"，意味着"伟大的神秘"；而在他看来，像他这样作为民族代言人的希腊诗人，其艰巨而幸福的任务就是"双手捧着太阳而不为它所灼伤，把它像火种般传给后继者"。

现代灵魂对古老文明的巡礼

简而言之，这首诗的主题就是现代灵魂与古老传统的相遇，以及从中获得的洗礼和升华。

> 饮着科林斯的太阳
> 读着大理石的废墟

科林斯在希腊版图中位置非常重要，它是连接以雅典为中心的北部希腊与斯巴达所在的伯罗奔尼撒半岛的战略要冲。这里有大量古代遗迹，如仅余七根多立克风格廊柱的阿波罗神殿、罗马统治时代的市场遗址、拜占庭时期的石墙等。诗人作为一个现代人来到科林斯访古，和我们去西安参观兵马俑、大雁塔的感受应当是类似的。

> 大步走过葡萄园和海
> 将我的鱼叉对准

> 那躲避我的祭神用的鱼

将葡萄园和大海放在一起，突兀但并不违和。埃利蒂斯自己是这么说的："在我的诗中，大海就如同花园。它是那么亲切，就像每每陪伴我们的花园那样。"而用鱼叉叉鱼，不过是试图通过一个姿态模拟古希腊先民（渔民或水手）的生活，以获得类似的生命体验。

> 我找到了太阳赞歌所记住的叶子
> 渴望所乐于打开的生活领域。

诗人以穿越古今的树叶为媒介，进入那崇拜太阳神阿波罗、终日为太阳唱赞歌的古希腊精神世界，而这个精神世界的首要气质就是欢乐。"渴望所乐于打开的生活领域"有些费解，不过如果译成"激情所乐于开启的生动国土"，就比较明白了。

超现实主义的武器

> 我喝水，采撷果实
> 将我的双手插入风的叶簇

这里，诗人以各种方式感受自己身处的这块国土，这个迷人的地中海世界一隅。"双手插入风的叶簇"展现了一种开放的姿态：双臂高举，仰首向天，领受自然之风的沐浴。

> 柠檬树催促着夏日的花粉
>
> 青鸟从我的梦中飞渡

柠檬树和青鸟（翠鸟）是希腊常见的动植物，在这里代表伟大的自然，给予诗人积极主动的响应和回馈：柠檬树通过输送水分和养分促使花粉成熟，从而给世界更多的希望和可能性；青鸟则作为精神所寄寓的精灵，直接飞入诗人的梦中，与他达成交流，达成和谐。

在艺术处理上，这里对祖国风物的描绘均有少许的变形。其美学上的来源是法国诗人艾吕雅所倡导的超现实主义。埃利蒂斯认为，超现实主义是对抗前面所述欧洲对希腊的霸权式文化设定的有力武器："超现实主义是一个垂死的世界里仅存的氧气……超现实主义引起的分歧是感觉和想象的一次真正解放……我的使命就是要将这些力量引入一个我们的理智不能接受的世界，并且通过更迭不断的变形，使这个世界与我的梦产生和谐。"

可以说，虽然这只是记录一次游历的短诗，但它是体现埃利蒂斯创作观念相当充分的一个标本。

"内心的尺度"

全诗的高潮部分到来。其中新生的喜悦非常强烈，重要的是，它是以组合得最好的诗句来表现的，并使本诗成为不朽的杰作。

> 于是我离开，报以辽阔无边的一顾

> 这时我眼中的世界被从新创造了
>
> 又变得那么美好，按照内心的尺度！

这段现代灵魂对古代文明的巡礼结束，诗人收获了更加宽阔的眼界。他以这样的提高了的新认识去看待世界时，无比欣喜地发现，这个世界更加美好了。

"*内心的尺度*"是全诗最后安放的一块拱顶石，有震撼人心的力量。

什么是"*内心的尺度*"？

多年前，有个朋友问我这个问题。我当时的回答是："内心的尺度"指的是海神或古希腊渔夫（人类童年时期的原始初民）对世界进行最初构想、勾画蓝图时所依据的标准，是一种和变动不居的时代相比，更绝对更本质的东西，几千年来变化不多。

但是很显然，这是一个见仁见智的概念，有待我们各自体悟和表述；表述得好的，就是献给这个世界、献给世界上那些渴望安宁幸福的灵魂的美好诗篇。

延 伸 阅 读

白日的青春期

作者 | 奥德修斯·埃利蒂斯
译者 | 李野光

点评

埃利蒂斯这首诗是对生命力的赞歌。有两个妙处值得细细体会：一是"白日"和"青春期"的组合；二是"解放大地的美"前面的空行的安排。

白日的青春期，欢乐的源头活水

古老的爱神木挥舞着它的旗帜

云雀要向日光敞开胸窝

一支歌曲将悬挂在中天摇曳

它播散四方的风

用火焰的黄金般的谷粒

解放大地的美。

疯狂的石榴树

作者 | 奥德修斯·埃利蒂斯
译者 | 李野光

点评

这首诗是埃利蒂斯的名作,通篇闪烁着语言、激情和才华的炫目光彩,令人叹为观止。欣赏这首诗的关键不在于"理解",它要稍稍让位于"感受"。我的感受简述如下。

第一,诗的主题非常单纯和直接,那就是对埃利蒂斯所说光明的"伟大的神秘"的沉浸和赞美,换句话说,这首诗写的仍然是太阳。

第二,石榴树为何是疯狂的?显然,是它外在的形体包裹不住、承受不住由内部向外扩张的强大力量。这种力量就是蓬勃的生命力,它之所以疯狂,是在应和太阳伟力的强大召唤。

第三,石榴树的意象与太阳之间有着隐秘的联系。石榴树果实的籽粒无论在形态上还是实质上,都像是一颗颗小小的太阳在结晶。

第四,乡村庭院、采摘三叶草的姑娘、奔马、衬裙、鸣蝉、禽鸟这些信手拈来的物象,都带有鲜明的超现实特质,与埃利蒂斯的个人经验关系不大,但与主题有内在的高度一致性。

第五,这首诗的抒情方式非常别致,每一句"是不是疯狂的石榴树"前都有空格,起到提示作用,而且情绪是渐次高涨的,像排浪一样逐步增强,在终篇达到高潮。

在这些粉刷过的乡村庭院中，当南风
呼呼地吹过盖有拱顶的走廊，告诉我，
　　是不是疯狂的石榴树
在阳光中撒着果实累累的笑声，
与风的嬉戏和絮语一起跳跃；告诉我，
　　是不是疯狂的石榴树
以新生的叶簇在欢舞，当黎明
以胜利的震颤在天空展示她全部的色彩？

当草地上那些裸体的姑娘们醒了，
用白皙的双手采摘翠绿的三叶草，
还在梦的边缘上飘游，告诉我，
　　是不是疯狂的石榴树
随意用阳光把她们新编的篮子装满，
让她们的名字被鸟儿纷纷讴歌；告诉我，
　　是不是疯狂的石榴树
在同宇宙多云的天空零星地战斗？

当白日炫耀地佩戴七种不同的彩羽，
用千只炫目的棱镜将永恒的太阳围绕，告诉我，

是不是疯狂的石榴树
抓住了一匹奔马绺绺纷披的鬃毛；
它从不忧伤，从不懊恼；告诉我，
　　　是不是疯狂的石榴树
在高叫新生的希望已开始破晓？

告诉我，是不是疯狂的石榴树在欢迎我们，
远远地摇着多叶的手帕，如熊熊火光，
摇着一个即将诞生千百艘船只的海洋，
即将使千百次涌起的波涛
向荒无人迹的海滩奔荡；告诉我，
　　　是不是疯狂的石榴树
使帆缆高高地在透明的天空震响？

高高地在上面，伴着发光的葡萄串，
傲慢地狂欢着，充满了危险，告诉我，
　　　是不是疯狂的石榴树
在世界中央用亮光撕碎魔鬼险恶的云天，
又从东到西铺开白日的橘黄色衣领，
上面有密布的歌曲装点；告诉我
　　　是不是疯狂的石榴树
在急急忙忙地解开白昼的绸衫？

在四月初的衬裙和八月中旬鸣蝉的深处，
告诉我，嬉戏的她，发怒的她，诱惑的她
从所有的威胁中摆脱掉黑色邪恶的阴影，
将头晕眼花的禽鸟倾泼于太阳的胸脯；
告诉我，那展开羽翼遮盖着万物的胸乳，
遮盖在我们深沉的梦寐之心上的，
  是不是疯狂的石榴树？

"那么这就是我……"

作者｜奥德修斯·埃利蒂斯
译者｜李野光

点评

这首诗选自埃利蒂斯的代表作、长篇组诗《理所当然》。作为一部现代抒情史诗，组诗有着希腊东正教堂一样庄严、恢宏的结构，分为《创世颂》《受难颂》《光荣颂》三部，这是第二部《受难颂》的第一首。诗中的"我"就是诗人，现代神话中的神，他既有创造的激情，也有克服危难的力量和意志。你会注意到，诗人在其中又成了"太阳的饮者"。"残暴者的黑衫"是指"二战"期间蹂躏希腊的法西斯侵略者。

那么这就是我,
为了少女们和爱琴海诸岛而创造的我,
　　雄獐跳跃的爱慕者
和橄榄树的新信徒:
　　太阳的饮者和灭蝗的能手。
这是我,面对着
　　残暴者的黑衫
和打掉了胎儿的岁月的
　　空洞的子宫,性欲的呼喝!
天空在释放风雨,雷霆袭击着山岳。
　　无辜者的命运啊,你来了,又独处于隘口!
在隘口我摊开双手,
　　在隘口我空着双手,
没有看到别的财货,没听说别的财货,
　　只有清冷的泉水在倾送
石榴或西风,或者是吻。
　　各人带着自己的武器,我说:
在隘口我要部署我的石榴,
　　在隘口我要安置放哨的西风,
我要放开那由于我渴望而变得神圣的古老的吻!

天空在释放风雨,雷霆袭击着山岳。

天真无知者的命运啊,你就是我的命运!

扫 码 收 听
雷格为你读诗

辛波斯卡

我们拥有太多共同的话题
同一颗星球使我们彼此联系在一起

　　维斯瓦娃·辛波斯卡（1923—2012），波兰女作家、诗人、翻译家。生于波兰小镇布宁，后移居克拉科夫，长期担任《文学生活》周刊的诗歌编辑和专栏作家。她擅长以幽默、诗意的口吻描述严肃主题和日常事务，享有"诗界莫扎特"的美誉。1996年荣获诺贝尔文学奖，理由是"其在诗歌艺术中警辟精妙的反讽，挖掘出了人类一点一滴的现实生活背后历史更迭与生物演化的深意"。她是第三个获得诺贝尔文学奖的女诗人。著有《自问集》《呼唤雪人》《盐》《种种可能》《巨大的数目》等。

植物的静默

作者｜［波兰］维斯瓦娃·辛波斯卡
译者｜胡桑

我们之间的熟悉是单向的，
进展得相当顺利。

我知道叶片、花瓣、穗子、球果、茎干为何物，
四月和十二月将对你们做些什么。

尽管我的好奇得不到回应，
我还是特意向你们其中一些俯身，
向另一些伸长脖子。

我已拥有一系列你们的名字：
枫树、牛蒡、獐耳细辛、
槲寄生、石楠、杜松、勿忘我，
你们却没有我的。

我们正一起旅行。
同行的旅人总是闲谈，
交换看法，至少，关于天气，
或者，关于一闪而过的车站。

不可能无话可说：我们拥有太多共同的话题。

同一颗星球使我们彼此联系在一起。

我们投下影子，依据同样的定律。

我们试着理解事物，以我们自己的方式。

那些并不知晓的事物，使我们更为亲近。

我将尽我所能解释这一切，随意问吧：
双眼看到的事物像什么，
我的心脏为了什么而跳动，
我的身体为何没有生根。
但如何回答无法提出的问题，
尤其是，当提问者如此微不足道。

林下植物、灌木林、草地、灯芯草丛——
我对你们所说的一切只是独白，
你们都没有倾听。

与你们的交谈是如此必要，却不可能。
如此紧迫，却被永远搁置，
在这次仓促的人生中。

偏爱写诗的荒谬

关于诗的真相种种

但愿波兰诗人维斯瓦娃·辛波斯卡的诗歌生涯,不至于彻底颠覆我们对于诗歌的既有印象。

她四岁或八岁就开始写诗(她一次说是四岁,一次说八岁;总之很早就是了),但家里只有两本诗集;成人后读的诗多半是向诗人符沃德克借的,此人也成了她的第一任丈夫。她虽与米沃什等诗人有交往,但在诗歌上没有明显的师承,自己也不承认"曾经加入任何文学派系"(《墓志铭》)。

——这件事告诉我们,不向前辈诗人亦步亦趋地学习,也可以把诗写好。

她一生大部分时间都宅在克拉科夫一套普通的两居室公寓内,主要生活内容就是抽烟、喝酒、写诗,不愿去公众场合见人,不愿接受采访,不愿参加诗歌朗诵会;得了史上奖金最高的诺贝尔文学奖后也没想着换个房子住,死也死在这里。

——这件事告诉我们,资深宅女也有可能走进无上荣光的诺贝尔殿堂,被授予"诗界莫扎特"的MVP(最有价值球员)称号。

她的很多诗都在挑战、质疑和嘲讽我们习以为常的东西——观感、知识或者信念,个别作品甚至通篇都是否定句式,比如《一粒沙看世界》:

湖底其实无底,湖岸其实无岸。
湖水既不觉自己湿,也不觉自己干,
对浪花本身而言,既无单数也无复数。
它们听不见自己飞溅于
无所谓小或大的石头上的声音。

——这件事告诉我们,即便你是个杠头,只要抬杠抬得好,一样可以成为大师。

她有一首诗在波兰家喻户晓、被广为传诵,叫《无人公寓里的猫》,写一只猫被主人遗弃在公寓里,饿得半死,四处找吃的找不着,只好昏睡和等待。在辛波斯卡那里,没有什么不可以入诗。她写过路上的死甲虫,写过自断求生的海参,写过手指上的眼镜猴,写过圆周率,写过安眠药,写过养老院里祥林嫂式的老妇人,写过无话可说的老友重逢,写过对履历表的吐槽，写过"左手摸右手"的金婚夫妇……总之都是些鸡毛蒜皮的微细之物、微细之事、微细之感，但读者就是喜欢。她的诗集在波兰、瑞典、美国、中国，全是畅销书。

——这件事告诉我们，远离政治，不以民族代言、时代良心的姿态登高一呼、宏大叙事，仅从底部、细处看生活，也可以成为了不起的人民艺术家。

她是20世纪卓有成就的诗人中，比较罕见的不把伟大诗歌抱负当回事的一个。用她自己的话说就是："我不从事伟大的哲学，只是写点微不足道的诗歌。"她这样写：

对这如雷的召唤我以耳语回应。

（《巨大的数目》）

我为小回答而向大问题道歉。

（《在一颗小星星下》）

冷静、机智、幽默、以小博大，甚至悄悄绕到世界辉煌抖开的羽屏后面低语——这是她的诗歌给出的独特角度，也是对所谓伟大的必要补充和反拨。

——这件事告诉我们，缪斯面前人人平等，无小亦无大，用心就好。

与万物作倾心之谈

在《植物的静默》中,辛波斯卡怀着对万事万物的悲悯之情,与植物展开了一场倾心之谈、一场隐秘的对话。

在这里,她暂时收起了在处理人与人关系这类题材时惯常的嘲讽姿态、惯常的机智,消除了惯常的距离感,代之以一种罕见的真诚与一往情深,与对话的对象离得很近。这种真诚,乃是基于"物我一体"这样一种认识,或者说信念:

> 同一颗星球使我们彼此联系在一起。
> 我们投下影子,依据同样的定律。
> 我们试着理解事物,以我们自己的方式。
> 那些并不知晓的事物,使我们更为亲近。

人与自然的隐秘联系,来源于它们的相似性,其实是他们共同的命运。

自在的孤独

同时,辛波斯卡也不无悲戚地指出:"我们之间的熟悉是单向的"。作为人类,我们为植物命名("枫树、牛蒡、獐耳细辛、/槲寄生、石楠、杜松、勿忘我"),我们了解它们的构造("叶片、花瓣、穗子、球果、茎干"),知道它们何时生发、何时凋零("四月和十二月将对你们做些什么"),植物对我们却一无所知。

问题来了：我们身外自在的万物，虽然在浩渺的大千世界中与我们同行，但它们真的有了解我们的需求吗？

这就注定了这场对话，在实质上沦为印证人的可笑与孤独的一次心理独白。对着无法回应的对象絮絮叨叨、嘟嘟囔囔，上赶着让植物提问题、向它们推销我们的感受，这不是明显的孤独症患者是什么？

关键是，总有那么一群人，受虐狂般享受这孤独、把玩这孤独、咀嚼这孤独，还把它写出来。这就是诗人，一群可笑的人，一群不慎往前面多走了一步的人。

偏爱写诗的荒谬

所以说，与植物作倾心之谈，无非是人的一种内在需求，他们更想了解的其实是自己。

> 与你们的交谈是如此必要，却不可能。
> 如此紧迫，却被永远搁置，
> 在这次仓促的人生中。

在这种紧迫感中，辛波斯卡让人的悲剧性存在瞬间定型。她像屈原一样发出了漫无目的的天问，用她自己天真的、细小的方式；为人类卑微、无奈的命运写了一首挽歌，她履行了使命；或者说，用她的方式再回答一遍这个被回答了无数次却永无定论的问题：为什么写诗？

当然，说是使命，可能又有点言重了，辛波斯卡并不是这种矫情之人。她对于自己的选择，有着更清醒的认识和更诗意的表达：

> 我偏爱写诗的荒谬，
> 胜过不写诗的荒谬。
> 　　（《种种可能》）

还有更令人动容的：

> 但是我不懂，不懂
> 又紧抓着它不放，
> 仿佛抓住了救命的栏杆。
> 　　（《有些人喜欢诗》）

延伸阅读

我太近了……

作者｜维斯瓦娃·辛波斯卡
译者｜胡桑

点评

辛波斯卡这首诗以丧失激情的夫妻关系为题材，一如既往地平淡而奇异，辛辣而温情。它看上去平白如话，其实她是以"我太近了"的各种变体为骨骼结构全诗，让它一环扣一环，像一条安静而神秘的蛇。事实上，她在诗里提到自己所依赖的语言时，所作的隐喻就是以蛇为喻体："我听见词语发出咝咝声，／看见其闪亮的鳞片，如我一样安静地／躺在他怀里。"

对于他，我太近了，以致不会被梦见。
我不会从他头上掠过，也不想躲避，
藏于树根下。我太近了。
被捕获的鱼不会以我的声音唱歌。
戒指不会从我的手指掉落。
我太近了。一栋大楼着火，
我不能求救。太近了，
我的一根头发难以变成警铃的
绳子。太近了，我无法作为客人
进门，而此前墙壁已然退避。
我再也不会如此轻易地死去，
那么超越肉体，那么悄无声息，
有如某一次在他的梦中。我太近了，
太近。我听见词语发出咝咝声，
看见其闪亮的鳞片，如我一样安静地
躺在他怀里。他睡着，
此刻，那位女引座员比我更为亲近，
尽管，我躺在他身边，而那女人，他只见过一面，
在拥有一只狮子的马戏团里。

由于她，此刻，一道峡谷在他体内生长，
覆盖着锈红色树叶，尽头，一座顶部积雪的山峰
升起于蔚蓝的天空。我太近了，
无法从天上坠落，像来自天堂的礼物。
我的哭泣仅能将他吵醒。我的天赋
如此贫乏：我，受制于自身的形态，
曾是一株桦树、一只蜥蜴，
于是，我将时间剥落，以各种闪光的色彩，
让皮肤变得光滑。我曾占有
最为珍贵的天赋，借此消失于
受惊的目光之中。我太近了，
对于他，我太近了，以致不会被梦见。

我将手臂从他沉睡的脑袋下抽出——
发麻，如刺满了隐形的针，
每根针尖坐着一位堕落天使，
等待被清点。

赞颂我姐姐

作者 | 维斯瓦娃·辛波斯卡
译者 | 胡桑

点评

辛波斯卡这首诗虽题为《赞颂我姐姐》,实则赞颂了诗歌。公开承认自己写诗,总是需要一点勇气的:那不是在向外界昭告你有某种才赋,更像是坦白自己是某种精神状况不佳的异类——这恐怕是许多诗歌写作者的共同感受。辛波斯卡就在诗里展现了这种异类的勇敢。

我姐姐不写诗,

也不会突然开始写诗。

她追随母亲,她不写诗,

她追随父亲,他也不写诗。

在姐姐家中,我感到安全:

让她丈夫去写诗不如去死。

虽然,这像在绕口令,

事实是,我没有一个亲戚在写诗。

在我姐姐的书桌抽屉里没有旧诗,

在她手提包里也没有新诗。

当她邀我共进午餐,

我知道,她无意读诗给我听。

她的汤那么可口,不会激发隐秘的灵感,

她的咖啡不会泼溅于稿纸上。

那么多家庭,无人写诗。

然而一旦有人写,就无法遏止。

有时候,诗歌如瀑布代代流传,

掀起致命的旋涡,家庭之爱将被吞没。

姐姐练就一口流利的散文，

她写下的唯一作品是度假时寄来的明信片，

每年都是一样的许诺：

等她回来后，将有那么多

那么多

那么多事情要告诉我们。

无人公寓里的猫

作者｜维斯瓦娃·辛波斯卡
译者｜陈黎、张芬龄

点评

就是这首诗让辛波斯卡在波兰广受欢迎的。以动物的视角观察和陈述，并不是非常罕见的诗歌手法，但辛波斯卡显然运用得最自如。它机智、俏皮、接地气，但仍保持了身段的优雅。其实，辛波斯卡在这首诗里是以猫自况，主要表达对去世丈夫的思念之情。

死亡——不可以这样对待一只猫。
因为一只猫又能在一间无人的公寓
做出什么事情?
攀爬墙壁?
在家具上摩擦身体?
这里好像没什么不同,
却又全都变了样。
没有东西被搬动过,
却变得较为宽敞。
到了晚上,灯都不亮了。

楼梯上有脚步声,
是从前没听过的。
将鱼放到小碟子上的手
也不一样了。

如同在往日,
一些事情已不再发生。
一些事情该做的,
不再有人去做。

有个人一直,一直在那里,
最后突然消失无踪,
完完全全地不见了。

所有的橱柜都被检视过,
所有的架子都被翻遍,
挖开地毯底下,一无所获。
还打破一道禁令:
文件随处乱扔。
接下来可做的事
只剩下睡觉和等待。

就等他现身了。
就让他露脸吧。
他会因此得到教训,
知道不该如此对待猫吧?
它悄悄走向他
好似心不甘情不愿,
十分缓慢地
移动显然受到委屈的爪子,
至少没有跳跃或者尖叫。

扫码收听
雷格为你读诗

11

阿米亥

Yehuda Amichai

人将死去,就像无花果在秋天凋零
枯萎,充满了自己,满缀甜果

耶胡达·阿米亥(1924—2000),以色列当代最伟大的诗人,也是20世纪最重要的国际诗人之一。生于德国的维尔茨堡,12岁时随家迁居以色列,亲历过以色列独立战争和第二次中东战争,战后当过多年的中学教师。他的诗睿智而透明,善于从《圣经》和犹太历史中撷取诗歌意象,把日常与神圣、爱情与战争、个人与民族等因素糅合起来,想象力丰富,具有深远的哲学意味和语言渗透力。著有《两种分离的希望》《此刻在风暴中》《阿门》《时间》《开·闭·开》等十余部诗集,多次获得国内国际文学奖。

野和平

作者｜［以色列］耶胡达·阿米亥
译者｜傅浩

不是停火的和平，

甚至不是狼羊共处异象的和平，

而是

犹如一场兴奋之后内心的和平：

只能谈论一种大厌倦。

我知道我会杀人，

我已经长大成人。

我儿子玩的一把玩具枪会

睁眼闭眼叫"妈妈"。

和平，

没有铸剑为犁的喧闹声，没有话语声，没有

沉重图章的戳盖声：让它

轻浮，像慵懒的白浪沫。

让伤痛歇歇，

痊愈还谈不上。

（孤儿的尖叫声从一代传到

下一代，犹如在接力赛跑中：

接力棒从不掉落。）

让它

像野花一样,

作为原野的必需,突然来临:

野和平。

谁能把这土地写得更美

48 张纸条

　　为以色列诗人耶胡达·阿米亥选一首代表作来解读是一件相当困难的事。

　　我决定先不去看别人写的评述文字，仅从文本入手，把八百多页的《噪音使整个世界静默：耶胡达·阿米亥诗选》从头到尾读一遍，觉得好的就夹一张纸条进去，看看会有什么效果。

　　同时，我也大致定了一个选诗的标准：太长或太短的诗不选；片段性的诗不选；过于色情、少儿不宜的诗不选；与历史、战争、爱情关系不大的诗不选；没有至少一两处精妙比喻的诗不选。

　　结果让我大吃一惊：书中总共夹了 48 张纸条。

幸存者、战士、情人

　　关于阿米亥本人，他的诗集的中文译者傅浩在译序中给他的定义非常精准：侥幸躲过大屠杀的犹太移民、数次上战场的战士、多次失恋的情人。

他是德国裔犹太人，随着犹太复国主义运动的高涨，于1936年移居今天的以色列，因此躲过了此后纳粹的大屠杀。

他"二战"期间在英军的犹太支队服役，后又参加过以色列独立战争和西奈战争（第二次中东战争）。

他多次恋爱，有过两次婚姻，作品往往是献给妻子哈拿和孩子们的。

诗是天才的表达

但如何给作为诗人的阿米亥定性是个难题。有人认为他是宗教诗人，有人认为他是爱情诗人，有人认为他是反战诗人，有人认为他是耶路撒冷诗人。都对，又都不尽然。

我读阿米亥的诗，并没有看出他与叶芝这样标杆性的大诗人有明显的区别，或者说水平的高下之分。

他在描述恋人孤独相拥时，有这样富于张力的句子：

> 我逆着你旅行的方向抚摸你的头发。
>
> （《在本世纪中叶》）

他在咏物的时候，有出人意表的观察和归纳：

> 凉鞋是完整的鞋的骨骼，

骨骼，及其仅有的真正灵魂。

（《凉鞋》）

他的自省是一种内部的火山爆发：

内心里一只手揉碎

一块干脆的糕饼，

心揉碎心。

（《对我呼吸的维持》）

他以《时间》为题一气儿写了 80 首诗，展现时间的不同面孔，如色彩缤纷的镶嵌画。他的《开·闭·开》，像"可怜的先知"那样将个人和民族定格在历史中，却极度自由放松，完全没有受到诗的束缚。一言以蔽之，都是天才的表达。一如英国诗人特德·休斯对他的评价："不管精神的跳跃多么神秘或者怪诞，最终的效果总是一种超级的简洁和直接。"

如何读诗

我们可以借助解读阿米亥《野和平》这首诗，顺便探讨一下如何阅读一首现代诗。不能算读诗法门，可说是一种经验分享。

我们知道，读者在读诗过程中习惯于寻找与自己经验的重叠，所以往往是那些表达普遍性情感如孤独、爱恋、悲伤的诗，特别是那些漂亮的似是而非的句子，如"生如夏花"或"面朝大海"，更受欢迎。

但这是不足够的。诗，特别是现代诗，可能比我们想象的要深刻、丰富、复杂得多，带来的美学上的震撼也可能更强烈。许多好的作品，要处理个人经验，强调戏剧性、疏离感，诉诸隐喻、戏拟等手段，而且由于追求表达的极度精准，有时会显得晦涩和艰深。

在阿米亥看来，诗人是格斗士和步兵，散文小说家是将军，评论家是战略家。诗人整天风里来雨里去，没有掩体可待，最容易伤亡，是最不容易的人。

所以读诗的第一要义是同情和信任诗人。要放空自己，尽力体会作者情感和运思的精微之处。

和平的悖论

比如这首诗的标题，"野和平"，相当奇怪，把两个相对立的东西捏合在了一起。但诗人显然不是在哗众取宠，而是通过独特的运思，将相悖的概念并置，造成陌生化效果，从而阐发对于"和平"的全新认识，或者说表达对理想的"和平"状态的企望。——在理解的时候，我们如果沉下心来，结合我们的历史和时事政治知识，想一想和平对于犹太民族和以色列国家具有怎样特别的、生死攸关的意义，会很快进入状态。

读诗的时候，一读到底是一种方法，有助于保持语意的连贯，理解总体的情绪走向；分成一个个意义单元来读，就便于细部的把握了。

不是停火的和平，

甚至不是狼羊共处异象的和平，

而是

犹如一场兴奋之后内心的和平：

只能谈论一种大厌倦。

诗人在这一单元直接为他心目中的和平定义。先说理念，和平不是什么：它不应是一种通过努力争取来的东西，也不是妥协的产物。再说感受，和平在我们心里是什么样的：那种激动与狂喜过后内心的倦怠。

个体经验

关于对待作者的态度，特德·休斯在为阿米亥诗集《阿门》英译本所作的序言中是这么说的："为了欣赏他试图去做的东西，你必须把他想象为戏剧中主角——这个主角是我们观看的时候全剧所有压力的集中点。"这是必要的，因为现代诗对个体日常经验和戏剧性的强调远远超越了对抒情性的依赖。在下面四句中，诗人写到了自己和儿子，用个体经验强化了观念的表达：

我知道我会杀人，

我已经长大成人。

我儿子玩的一把玩具枪会

睁眼闭眼叫"妈妈"。

他曾数次上战场，非常熟悉杀人的感觉，当然也知道杀人有多么邪恶、多么恐怖。小孩子就不一样了，他热衷于战争游戏，但对于杀人并无概念，更何况玩具枪还像布娃娃一样会叫妈妈。这里写的是和平的必要与杜绝战争的紧迫感。

语气和节奏

　　和平，
　　没有铸剑为犁的喧闹声，没有话语声，没有
　　沉重图章的戳盖声：让它
　　轻浮，像慵懒的白浪沫。

我们可以注意到，在这个单元，诗人接着为理想中的和平下定义，不过更具体了，而且有了语气和节奏上的变化，主要体现为句子长短的设置。让"和平"独占一行，是给它一个独立的品格，一种洁净的气质；而三个"没有"所代表的政治宣传、外交辞令、法律程序对和平的规定与污染，则仓促地挤在一起。"让它／轻浮，像慵懒的白浪沫"是希望和平能够抚慰人心。

　　（孤儿的尖叫声从一代传到
　　下一代，犹如在接力赛跑中：
　　接力棒从不掉落。）

这几句诗很形象，象征性和概括性非常强，放置在括号中不只是一种补充说明，更是一种强调。他是在说，无论怎样的和平，对于犹太民族世世代代的苦难来说，都太微不足道了；但这也说明，它又太迫切、太重要了。

休止符与诗眼

诗节间的空行在现代诗中往往起到至关重要的辅助作用。比如在这里，前面连续不断、长长短短的诗句组合，已经造成了一种压迫感；突然出现的空行就像一个休止符，带来停顿和期待。

让它
像野花一样，
作为原野的必需，突然来临：
野和平。

阿米亥把点题放在了最后，也就是把诗眼放在了最有力的位置。和平是自然、自在和自足的，它是大地的必需品，而且像质朴的野花一样具有美丽和野性的双重特质。野和平将猝然绽放，整首诗也突然被点亮了。

作为判官的诗

《野和平》的背景自然是巴以冲突。吊诡的是，双方对这块应许之地（指三教圣城耶路撒冷）的拼死争夺，是和他们对它深沉的、义无反顾的爱同步的；那么，阿米亥心中的和平是否也是巴勒斯坦诗人们的理想境界呢？

与阿米亥在以色列地位相当的巴勒斯坦大诗人马哈茂德·达尔维什是这么讲的："他将巴勒斯坦的土地称为以色列土地，不遗余力地书写它，一些诗歌美得令巴勒斯坦诗人汗颜。于是这个问题实际上相当可怕：谁能把土地写得更美，便比另一方更值得拥有这土地……他想依照自己所需来使用风景和历史，而这基于我被摧毁的身份。于是我们之间存在一种竞争：谁是这土地语言的拥有者？谁更爱它？谁写得更好？"

这沉重的裁定，是诗能够承担的吗？

延伸阅读

相对性

作者 | 耶胡达·阿米亥
译者 | 傅浩

点评

正如这首诗的题目所揭示的，阿米亥写出了人生中的种种相对性、种种悖谬。欣赏这首诗的关键是，诗人在罗列了各种相对现象、彰显了对生活的洞察力和精炼概括的才华之后，如何跳出这种扁平的结构，给这首诗一个向上的力，也就是一种艺术的高度。阿米亥在这里用了"两级跳"，先是跳到一群人，然后跳到一个要去西奈的具体的人。这个人身上所体现的相对性是比较隐晦的，是人的急躁、盲动属性与上帝神性之间的反差，所以这种处理给了这首诗一个开放结构，或者通俗点说，这首诗有一个意味深长的结尾。

有一艘玩具轮船上面画有波浪。

有一件衣衫上面印着航行的轮船。

有回忆的努力和开花的努力,

有爱的怡然也有死的怡然。

一只四岁的狗等于一个三十五岁的人,

而一只一天大的苍蝇———一个年迈之人

充满记忆。三个小时的思索

好比两分钟的大笑;

一个叫嚷的孩子在游戏中暴露出他的藏身处,

而一个静默的孩子被遗忘。

黑色早已不再是悼亡的颜色:

一位少女把自己挤进一件黑色的比基尼,

厚颜无耻地。

墙上一幅火山图画

使坐在屋里的人们镇静。

一座公墓由于

其死者的数量众多而宁静。

一个人告诉我

他要南下去西奈,因为

他想独自与他的上帝相处:

我警告了他。

人的一生

作者 | 耶胡达·阿米亥
译者 | 刘国鹏

点评

阿米亥这首诗和前一首异曲同工,实际上写的还是人生的相对性和悖谬,只不过更加内在,也更加细密,概括性很强。这首诗的结尾同样精彩,让人的死与自然的更替轮回结合起来,境界豁然开朗。

人的一生没有时间

花时间去干所有想干的事情。

没有足够的理由

为所有目的寻找理由。《传道书》

实则大谬不然。

人需要爱的同时也需要恨，

用同一双眼睛微笑和哭泣，

用同一双手抛掷石块而后归拢它们

在作战中做爱也在做爱中作战。

憎恨而后原谅，怀念而后忘却，

规整而后搅混，吞咽、消化

历史

年复一年的造就。

一个人没有时间

当他失去他就去寻找，当他找到

他就遗忘，当他遗忘他就去爱，当他爱恋

他就开始遗忘。

他的灵魂历尽沧桑，他的灵魂

极其专业，

可是他的肉体一如既往地

业余。它努力、它错失，

昏头昏脑，不解一事，

迷醉和盲目在它的快乐中

也在它的痛苦中。

人将死去，就像无花果在秋天凋零

枯萎，充满了自己，满缀甜果，

叶子在地上变得枯干，

空空的枝干指向那个地方

只有在那里，万物才各有其时。

空中小姐

作者 | 耶胡达·阿米亥
译者 | 傅浩

点评

阿米亥这首诗是一个诙谐小品,老没正经的诗人涎皮赖脸地"调戏"一位美丽而严肃的空姐,两个人形成一对可爱的矛盾。里面值得仔细品味的是那种老年人隐隐的欲望所形成的张力,还有一种在瞬间沁人心脾的温情。

空中小姐说，熄灭所有吸烟材料，
但她并未特指，香烟、雪茄或烟斗。
我在心里对她说：你拥有美丽的恋爱材料，
我也不特指。

她叫我把我自己系紧
在座位上，而我说：
我希望我一生中所有带扣都塑造成你的嘴的形状。

她说：你是现在要咖啡呢还是晚些
还是不要。她从我身边走过
高如天空。

她臂膊高处的小痘痕
表明她永远不会得天花，
她的眼神表明她永远不会再度恋爱：
她属于那些一生中
只有一次伟大爱情的保守党人。

扫码收听
雷格为你读诗

12

阿什贝利

John Ashbery

心灵

如此好客,吸收着一切

约翰·阿什贝利(1927—2017),美国诗人。生于美国纽约州罗切斯特,毕业于哈佛大学和哥伦比亚大学。1965年前在法国任《先驱论坛报》艺术评论员,后回纽约。1974年起在大学任教。阿什贝利是"纽约诗派"重要成员、后现代诗歌代表人物,其诗机智幽默、抽象深邃,诗集《凸面镜中的自画像》曾获美国国家图书奖和普利策奖。著有诗集《网球场誓言》《山山水水》《凸面镜中的自画像》《船屋的日子》《影子列车》《四月的大帆船》《罗特拉蒙酒店》《鸟儿,你能听见吗》《这是你的名字》等。

船屋的日子

作者｜［美］约翰·阿什贝利
译者｜马永波

"皮肤裂开了。旅馆早餐的瓷器
指向八月的最后一周，并不真的
在意，发现你开始的土地……"
那天，山峰冒着蓝火，
你再次沿岸走了五英尺，你闪避
当一个普通的异端掠过。我们能够
几世纪地采集植物，城市里
再次开满了眩目的花朵。心灵
如此好客，吸收着一切
像寄宿生，直到一切结束
你不明白可学习的有多么少
一旦知识的恶臭消散，感官所有的
意外收获都将退却。真的，他说，
对一个人真诚信念的推论的不真诚，
无论本身是真是假
情况都可能是，如果我们不够聪明地
彼此说服，我们必定时时
受其诱惑——你看见它通往何处吗？通往痛苦，
克服痛苦的凯旋，仍然隐藏在

这些低低的山中，掠走我们

所有的秘密，仿佛一个人总是打算

在雪茄的烟圈中会见自己的替身

然后……它发生了，像脑袋里的一次爆炸，

在另一个行星上它仅仅对于那受到邀请的人

才是场大灾难，肯定无法拒绝：

痛苦在水塔里，在排水沟里，如果我们

仅仅等上片刻，那拒绝，仿佛一个痛苦的宇宙

被创造出来只是为了否定自己的存在。

但是我不太信任事物

除了天气和生与死的确定性：

其余的都是选择。赞美这，诋毁那，

会微妙地使你偏离开端，

我们必须留在那里，保持运动。

闪光灯伸入房子的许多房间，

它的记忆和联想，在它有题字

和图画的墙上，断言生活是多种多样的。

生活是美丽的。读到这一切的他

就像在远处加速的火车的车窗中，

知道他需要什么，什么将降临。

雨的针孔再次落下。

穿过非常宽的中间地带

带着它白色的小花,广播着一个答复:
"解散议会。举行新选举。"
它将是令人遗憾的,如果雨也洗去了
一直在运动的窗上的侧影。
知道它在运动,此外一无所知。
那是隧道尽头的光,如果他忧郁地
望着车窗外的阵雨,他有可能看见那光,
一个垂死之人会转身离开的一幅希望的图画,
认识到希望是其他的什么,你不能拥有的
具体事物。于是,曲折穿过一些柱子
直到你到达黄昏的孔雀石,它变成了一个巨大的梦
可以推翻政府,夷平城市
用它后面积聚的睡眠的压力。
巨浪创造着它自己的边界
你必须这样继续:赞同的早晨,
冷漠的中午导向下午投射给黄昏的
问题的涟漪。
结果是阿拉伯式的图装和细流
在公共地址系统上,在伯克利的地震仪上。
一个简单的小算术告诉你,为了和你一起
在这个段落中,这运动中,需要怎样的代价:
驶出某个下午的帆,超越了震惊,
明显没有受到损害。当雨聚集起来

保护它的黑暗，覆盖物里的空间

最初和最后一次被注意到，

像一本冒险小说的书脊，在玻璃和茶杯后面消失。

凸面镜中的诗歌美学

读不懂的阿什贝利

美国当地时间2017年9月3日,美国诗人约翰·阿什贝利功德圆满、驾鹤西去,终于不用再回答这样的追问了:你的诗,你自己读得懂吗?

的确,阿什贝利的晦涩是出了名的,几乎被视作对读者智力的蔑视和挑衅。

诗歌批评家海伦·文德勒说:"阿什贝利的风格使批评家们困惑不已,他们轮番与它难言的不可渗透性搏斗,并赞赏其语言的合成力量。"据她说,一位杰出的学者曾经悲哀胜过愤怒地告诉她,他反复读了《船屋的日子》一诗,但仍无法理解。最有趣的说法是《泰晤士报》上的:阅读阿什贝利,会"让我无聊得放声大哭"。

连阿什贝利本人在接受访谈时也拿自己开涮:"每过一段时间,我便会翻开一页,上面肯定是写了什么,但那是什么呢?"

不过他马上就严肃起来:"这些诗歌要表达的,就是关乎我们所有人的隐私,以及我们思维的困境。……从这种意义上来说,它们是可以解读的，如果你诚心去解读的话。"

但即便是这些话，听上去也让人生气：如果还不懂，就是我们太笨喽？

强者诗人

读不懂阿什贝利并不可耻。大诗人奥登最初读到阿什贝利的诗，也曾说，他永远理解不了其中任何一句；但他了不起的举动是：仍然把阿什贝利的《一些树》放在自己主持的"耶鲁青年诗丛"[12]中出版。那是1956年的事。

显然，奥登在他身上看到了极端出色的东西。

我们来看看贴在阿什贝利脑门上的一些标签吧：

先锋派；超现实主义诗人；"泼洒诗"[13]；自动写作；讽刺性；荒诞性；戏拟；沉思；远离外界现实；纽约诗派[14]"三巨头"之一；奥登的仰慕者；史蒂文斯的传人；最接近艾略特造诣的后现代主义诗歌大

12- 该诗丛为耶鲁青年诗人奖的出版成果。耶鲁青年诗人奖设立于1919年，是美国历史最为悠久的年度诗歌奖。

13- 纽约诗派诗人的诗作像一幅幅色彩绚丽的画，犹如现代派画家在画布上随意泼洒颜料的油画，扑朔迷离，多姿多彩，因此又被称为"泼洒诗"。

14- "纽约诗派"是活跃于20世纪五六十年代的重要诗歌流派，代表人物有约翰·阿什贝利、弗兰克·奥哈拉、肯尼斯·科克、詹姆斯·斯凯勒。这一诗派将达达主义、超现实主义、后现代主义、抽象主义等艺术手法运用于诗歌实践，并进行新的探索。非写实性、抽象拼贴、口语（甚至俚语）化和荒诞不经、插科打诨的幽默感是其鲜明的特点。

师;等等。

哈罗德·布鲁姆认为"当今英语诗坛,没有人能像阿什贝利那样,以诗歌超越时间的沉重审判",并在诗歌理论名著《影响的焦虑》中将他定性为"强者诗人":他作为"儿子诗人",完全克服了前驱诗人比如史蒂文斯带来的"影响的焦虑","在与死者进行的不自觉的较量中,阿什贝利获得了相对胜利","颠覆甚至俘虏了他的前驱"。其结果会是这样:有时候史蒂文斯的诗听起来太像阿什贝利写的。

哈罗德·布鲁姆的评价使得我们对阿什贝利在世界诗歌版图中的位置有了大致的概念。而《纽约时报》在他死后给他的盖棺定论——不乏智趣,技艺精湛,关乎灵魂——更为简洁干脆。据说,在争议不断的美国诗坛,阿什贝利的名望似乎是大家仅有的几个共识之一。

关于诗歌解读

要理解阿什贝利,也许我们要思考的真正问题之一是:读得懂是否欣赏诗的唯一维度。

可以说,他的诗歌,其实是在艾略特、奥登、史蒂文斯的探索之上又向前迈了一大步,已经不是标准的现代主义诗歌,而与后现代艺术有着密不可分的关联。他本人即在巴黎做过十年之久的艺术评论工作,与波洛克、德·库宁、波特、安迪·沃霍尔等先锋艺术家熟识,自己也发表过拼贴画作品。所以,他的作品带有强烈的反逻各斯中心主义[15]倾向,

15- 逻各斯中心主义是坚信有一种存在于语言之外的宇宙精神,生生不息地支配着自然和社会的进程。逻各斯的别称是存在、本质、本源、真理、绝对,等等。

毁掉了现代主义的形式感，在抽象和具象间自由穿梭，思想和语言被他用作拼贴材料，以画面的无序、随意，呼应现实特别是心理现实的矛盾与破碎。

阿什贝利的许多艺术观念，在他的代表作、552行的长诗《凸面镜中的自画像》中多有体现，甚至可以说，那是一篇系统阐述艺术观的诗体博士论文，不过不是用学术语言来写的，而是化作诗意的形象，读来往往柳暗花明、别有洞天。

我们在欣赏抽象画的时候一般很少去追究它是否让我们看得懂，顶多嗤之以鼻，转身走开，何不也这样对阿什贝利宽容以待呢？更何况，他的诗可比抽象画有内容多了。

就从那首把学者逼疯的《船屋的日子》开始我们的解读吧，带着阿什贝利所谓的"诚心"，尝试着打破"诗不可解"的迷思。

但要说明的是，解读现代诗并不是本格派推理[16]，如名侦探柯南所说："真相只有一个！"它更像是沿着河溯流而上，探寻其隐秘的源头；更多的情形会是，在探寻中你可能深入到某条支流，还来不及欢呼庆祝，就被阿什贝利这样的语言大师以急流带往另外一处美丽而开阔的景致。所以，解读的实质是对灵魂的解放，对想象力的解放。

事实上，阿什贝利也曾写过类似的意思，只是更绝对：

　　……这就像是

　　沿着一条河追踪它的源头，

[16] 推理小说的一种流派，又可称为正宗、正统、古典派或传统派。以逻辑至上的推理解谜为主，不注重写实，而以惊险离奇的情节与耐人寻味的诡计，通过逻辑推理展开情节。

这是不可能的。河流没有源头。

（《桃金娘》）

"船屋的日子"是什么

阿什贝利的诗有个特点，就是一首诗的标题与内容往往没什么必然联系，既不挂靠个人经验，也非主题性的总结，非常随意，充其量是思绪的一次闪回，权作诗句铺排的起始点。

但"船屋的日子"值得多说两句。这个词可能与以下两个来源相关。一是1929年《国家地理杂志》上的一篇文章：《克什米尔溪谷里船屋的日子》。二是出版于1909年的《中国的船屋时光》，濮兰德的名著。

阿什贝利以"船屋的日子"为诗题，为我们提供了两个可能性。一是本诗与阿什贝利的阅读体验相关联，或者干脆写的就是以阅读为题材的精神历险。二是"船屋的日子"的组合显然指向了时间和空间，而人的灵魂在时空特别是在时间中的矛盾处境，是他偏爱的内容；"屋子"，或类似的意象，因其意涵丰富，在他的作品中比比皆是。这种事先的精神准备，有助于我们读诗时尽可能地撩开诗人有意无意地遮上的面纱。

你开始的土地与知识的恶臭

诗的一开始就是一段不知所云的引文：

"皮肤裂开了。旅馆早餐的瓷器

指向八月的最后一周，并不真的

在意，发现你开始的土地……"

"旅馆"一词提示我们，这个场景是在旅途中。我们可以大胆想象，诗人就是在模拟上面两个文本中的某一处，也许就是在充满异域风情的克什米尔。皮肤开裂，可能是损坏的瓷餐具导致的，因为"指向"的原意是"顶"。皮肤裂开的疼痛感，使得诗人的精神溯源直指人开始之处——土地。"八月的最后一周"带来紧张感，因为暑假就将结束了。

如果说文献并不能印证我的猜测，那也没关系，因为包括个人经验在内的所有诗歌素材进入阿什贝利的诗歌，都是经过变形的，就像经过了凸面镜的反射：

如帕米加尼诺所做的，右手

比头还大，插向观察者

并轻松地移开，仿佛要去保护

它宣告的一切。

（《凸面镜中的自画像》）

而他处理个人经验时还有这样一层考虑："我不想用自己的经历来使别人厌烦，而那些经历又是任何人都经历过的，只不过是个我自己的版本而已。对我而言，诗歌在那之后才开始。"他说："我的多数诗是关于经验的经验……我对别的经验的兴趣不如对它如何渗入'我'的这种经验大。"这就决定了,阿什贝利的诗必然是内省的、沉思的,这与史蒂文斯一脉相承,只是手法升级为2.0版了。

我们假设"你"所"闪避"的"普通的异端"就是当地的穆斯林,在这里"你"的尴尬态度——傲慢而胆怯——遭到轻微的嘲讽。在地理大发现时代,西方的博物学家们跑到世界的每一个角落采集、研究植物,再把它们带回自己的城市,可是对人关注的兴趣是不是也这么大呢?还是说,只是简单地将他们视作不可理喻的异教徒?

> ……心灵
> 如此好客,吸收着一切
> 像寄宿生,直到一切结束
> 你不明白可学习的有多么少
> 一旦知识的恶臭消散,感官所有的
> 意外收获都将退却。

从研究植物,诗人话锋一转,质疑挑战以求取僵死的知识为目的的学习的正当性,认为那将导向虚妄。"心灵",主要指头脑。"知识的恶臭"的说法措辞激烈,足以在读者"无聊到哭"的时候起到提神醒脑的作用。

灵魂的痛苦在时间中

接下来,"他"出场了,近乎饶舌地讨论真诚与不真诚,接着引出

"痛苦"的主题,与开头的"皮肤裂开了"形成呼应。这又是阿什贝利耍的一个超现实主义小花招。他特别喜欢随意更换诗中发言者的代词,从一个人轻易滑向另一个人,追求一种复调的效果。就是说,你、我、他、我们……他的人物在诗中不仅是经过凸面镜变形的,还是戴着面具的,更要命的是,这些面具还要换来换去。果然技艺精湛,智性十足。

对痛苦的密集论述提示我们,这首诗的主题在隐现。主题不在一开始推出,而是逐渐发展它,让它很晚才出现,这也是阿什贝利从史蒂文斯那里继承来的诡计,存心跟读者的耐心过不去。痛苦不仅包含痛苦本身,还包含了战胜痛苦,它们都是人必须面对的诱惑与窘境,无法拒绝与规避。"雪茄的烟圈"应该是误译,实际指的是一根接一根地抽雪茄,痛苦和焦躁被形象化了,跃然纸上。

> 痛苦在水塔里,在排水沟里,如果我们
> 仅仅等上片刻,那拒绝,仿佛一个痛苦的宇宙
> 被创造出来只是为了否定自己的存在。

水塔和排水沟都是时间的变形。所以人的痛苦,包括对痛苦的拒绝,在永恒的时间中都形成了一个悖论:"被创造出来只是为了否定自己的存在。"此处的诗意有强烈的形而上思辨色彩;所以说海德格尔将诗、语言、思想打包给诗人,让他们承担哲学家的使命,去回应存在的呼唤,是有道理的。

因为除了自然的天气变化和生死,人生还有其他的选项,所以也存在着抵不过各种诱惑、偏离初衷的可能,所以诗人在这里呼吁我们不要

"赞美这，诋毁那"，而"保持运动"，也就是与时间合一，借着时间认知生活的本质。

> 闪光灯伸入房子的许多房间，
> 它的记忆和联想，在它有题字
> 和图画的墙上，断言生活是多种多样的。
> 生活是美丽的。

如我们前面所说，"房子"因其意涵丰富而为阿什贝利所钟爱，它一方面是我们的头脑，一方面也象征了生活。记忆、认知、感受，尽管是痛苦的源泉，却也造就了生活的丰富和美好。这个是否代表了诗人的信念？我持怀疑态度，因为他在此时抽身出来，退到"远处加速的火车"，明言这都是被阅读之物（"读到这一切的他"），保持了足够的距离。唯一可以确认的是，我们关于这首诗的题材的猜测——以阅读为题材的精神历险，得到了部分证实。

以上是第一节，39 行。

遗憾与忧郁

诗的第二节有 28 行。完全没有什么规律可言。

> 雨的针孔再次落下。
> 穿过非常宽的中间地带

> 带着它白色的小花，广播着一个答复：
> "解散议会。举行新选举。"

"雨"和"针孔"被阿什贝利巧妙地组合到一起，造成了令人心惊的忧郁的阅读体验。针孔不是缝衣针上的孔，而是注射器扎在肉里形成的针眼。很疼！"白色的小花"是雨在地上溅起的水花。雨在这里作为时间的又一变形，展现出独裁者的暴虐，却被诗人以一种戏谑甚至欢快的语调说出。这种悖谬正是生活的本质。

阿什贝利对诗歌艺术的一大贡献，是极大拓宽了诗歌语言的光谱：一些政治、法律、科技词汇，一些非常规句法，信手拈来的典故，写作时偶然入耳入眼的事物，都被他整合进来，而且形成微妙的平衡。比如此处政治强人粗野的公告。但是，

> 它将是令人遗憾的，如果雨也洗去了
> 一直在运动的窗上的侧影。

这里不只是遗憾，还有感伤。"运动的窗"就是火车车窗，也是船屋的窗，那是我们观照世界的通道；如果记忆、认知及一切文明的印记都被时间清洗得一干二净，被消磁和格式化，我们还剩下什么？

> 那是隧道尽头的光，如果他忧郁地
> 望着车窗外的阵雨，他有可能看见那光，
> 一个垂死之人会转身离开的一幅希望的图画，

>认识到希望是其他的什么，你不能拥有的
>
>具体事物。

思考完绝望，再思考希望，这是诗人的天职，那个凭窗而立的忧郁的形象就是他们的写照。只有持续关注人类命运的人，才有可能看见"隧道尽头的光"，看见获得救赎的希望之光。

梦的力量

于是，本诗接下来的前行多了一些主动性和目的性。"曲折穿过一些柱子"就是第一节所说的运动，所抵达的"巨大的梦"则是力量的象征，可以和前面所说的暴虐相抗衡："推翻政府，夷平城市。""夷平"一词译得稍重了些，应该还有"抚平"的意味。

说到"巨大的梦"，我们可以说，阿什贝利的所有诗，组成了一个巨大的梦，这个梦继承自兰波的"白日梦"，是我们继续生活下去的理由，无论你是积极地赞同、冷漠或充满怀疑精神：

>你必须这样继续：赞同的早晨，
>
>冷漠的中午导向下午投射给黄昏的
>
>问题的涟漪。

"阿拉伯式的图装"就是阿拉伯风格的纹样。"公共地址系统"是误译，应为"公共广播系统"。连同细流和地震仪的波动，它们都有细密的特征,是由前面的"涟漪"而来的。

我们说阿什贝利的诗仿佛拼贴画,固然没错,但要强调一下,他的意象群的跳转不是跳跃式的,而是滑动式的,依靠的是词与词的微妙关联。正如他所说:"紧邻的词语,其含义会互相影响,你此时听到的,是之前或之后某个词语留下的印记。"

拓展诗歌的疆域

> 一个简单的小算术告诉你,为了和你一起
> 在这个段落中,这运动中,需要怎样的代价:
> 驶出某个下午的帆,超越了震惊,
> 明显没有受到损害。当雨聚集起来
> 保护它的黑暗,覆盖物里的空间
> 最初和最后一次被注意到,
> 像一本冒险小说的书脊,在玻璃和茶杯后面消失。

这是全诗的最后几句,实际上为这波澜起伏的精神历险作了一个不算总结的总结,或者说交代。"驶出某个下午的帆"这句译得不准确,"帆"是衍文。"覆盖物"指的是书的护封。原本意思是:简单盘算一下,诗人为这一次通过阅读进行的时间中的精神历险,付出了什么样的小小代价。实际情况大致是:诗人在某个下午出神遐思,临窗看雨(也可能没有雨,只是面对着书柜的玻璃做梦),在读书过程中经历了灵魂冒险的惊涛骇浪,可算是"茶杯里的风暴"吧。

小结一下：诗人的精神漫游是从读书中见到的一个词组"船屋的日子"开始的，主角是人的灵魂，场域是时间的洪流，灵魂与时间发生关系的方式是感受痛苦。诗人探讨了知识的悖谬、痛苦的方式、救赎的可能、梦想的力量，在完全不采用音步、韵律、节奏、象征、抒情这些传统诗歌手段的情况下，以各种高超的先锋技艺完成了一个复杂、深邃而又感人的伟大诗篇，展现出超卓的才华，顺手也难为了批评家和读者们一把。最重要的是，他以自己的写作（或者说他的整个艺术生涯）极大地拓展了诗歌的疆域。

延伸阅读

画 家

作者 | 约翰·阿什贝利
译者 | 马永波

点评

阿什贝利最初的理想是画家,后来才开始写诗,所以他这首诗的灵感很可能来自他习画的切身感受。诗人奥登认为,这首"有趣"的诗关注创造过程的本质,并且直指一个问题:"如今,写诗还是可能的吗?"

从诗的内容上看,阿什贝利的确探讨了艺术与自然的关系、艺术探索面临的阻碍、艺术创作与理想状态的落差等话题,那么,它"有趣"在哪里呢?我有两点提醒,作为参考。

第一,他是以小叙事诗的形式来写的,为艺术探索的严肃刷了一层滑稽的上光油。

第二,他在形式上有个巧妙的处理,可惜中文译文没有很好地体现出来——此诗前五节每节六行,每一行都是以这六个词中的一个结尾的:画像、主题、画笔、画布、祈祷、楼群;最后一节也是每行用了两个词;这样全诗有了一个多重的内循环结构。这种诗体又叫"六节诗"或"六字循序诗"。前四个词和绘画直接相关,后两个词则别有意味:"祈祷"就是艺术理想;"楼群"则象征着艺术界,或者画坛。

坐在大海与楼群之间

他愉快地描绘大海的画像。

但正如孩子们将祈祷

仅仅想象为静默,他希望他的主题

冲上沙滩,抓起画笔,

在画布上涂抹出自己的形象。

于是他的画布上什么也没有出现

直到住在楼中的人们

催促他开始工作:"试着把画笔

当作达到目的的手段。为一幅画像,选择一个

不太强烈也不太庞大,但在一位画家

或一个祈祷者的心头常出现的主题。"

他怎样向他们解释,他祈求的

是自然而不是艺术,来占领他的画布?

他把他的妻子当成一个新主题,

把她画得很大,像倒塌的楼群,

那画像仿佛已经忘记了自身

不用画笔便把自己表现出来。

稍感鼓舞,他把画笔浸入
海中,喃喃念诵一个由衷的祈祷:
"我的灵魂,当我画下一张画像时
愿那毁坏我画布的就是你。"
这消息像野火在楼群间蔓延:
为了找主题,他已经回到大海。

想一想一个画家被他的主题折磨,
精疲力竭甚至举不起他的画笔
他引起楼上探身观望的艺术家
不怀好意的嘻笑:"我们可没有祈祷
把我们自己画到画布上去
或者让大海坐下来等待被画成肖像!"

其他人宣称那是一幅自画像。
最后所有标志一个主题的东西
都开始消失,画面上只留下
完全的空白。他放下画笔。
突然一声号叫,那也是一种祈祷,
从挤满了人的大楼升起。

他们从大楼的最高处,把他和画像抛起;

而大海吞没了他的画布和画笔
仿佛他的主题已经决定继续保持这个祈求。

一个年轻姑娘的想法

作者 | 约翰·阿什贝利
译者 | 马永波

点评

阿什贝利的诗大多细节无比真实具体，整体却晦暗不明，追求的是一种"共时性呈现"，在一瞬间呈现人的灵魂的复杂和多态，这首小诗也是如此。

第一节是一个年轻姑娘的诀别信，甚至可能是一封遗书，从"我只是滑倒在空气肥皂的蛋糕上/并在世界的澡盆中溺了水"这两句看，她可能已经跳楼自杀，原因是与这个世界格格不入。

第二节是诗人抒发他的感慨，以及表达对她的祝福。"她始终知道/怎样彻底地快乐"一句表明，他对她的抉择有深深的理解和同情。最后一句是祝福她在去往天国的路上一路走好。

全诗紧张、迷离，却也特别感人。曾有解读者认为这是阿什贝利对自己小女儿情态的描写，应属误读。阿什贝利是同性恋者，一生未婚，自然也没有女儿。他称这个年轻姑娘为"我的女儿，/我的甜心，我逝去的雇主的女儿，公主"，其实是一种修辞手段，意在传递喜爱、同情、惋惜、愤懑相交织的复杂感情。

"这是多么美丽的一天我应该从塔里
给你写封信,来表明我并不疯;
我只是滑倒在空气肥皂的蛋糕上
并在世界的澡盆中溺了水。
你善良得无法为我过分地哭泣。
现在我让你走开。签名,侏儒。"

下午的晚些时候我经过那里
微笑依然装扮在她的唇边
仿佛已经几个世纪。她始终知道
怎样彻底地快乐。哦!我的女儿,
我的甜心,我逝去的雇主的女儿,公主,
但愿你不会在路上那么久!

悖论与矛盾修饰法

作者丨约翰·阿什贝利
译者丨马永波

点评

阿什贝利在这首诗里真诚地讨论了诗和读者的关系，特别是诗的种种可能与不可能。他代表诗向读者"你"发出热情的邀请，甚至是苦苦相求，希望"你"成为它的一部分；但"你"心不在焉的表现令人失望，甚至诗本身都因为"你们彼此错过"而感到悲哀。但阿什贝利的顽强在于，他仍然"认为你的存在只是为了／恳求我去游戏"，明明是自己恳求读者，却幻想读者恳求自己，显得滑稽可爱又心酸无奈。

这首诗在一个非常普通的层面上与语言相关。
看它在对你讲话。你望向窗外
或是装作坐立不安。你占有它但你没有拥有它。
你错过了它,它错过了你。你们彼此错过。

这首诗是悲哀的,因为它想成为你的,但不能。
什么是普通的层面?它是其他的事情,
把一整套的它们带入游戏。游戏?
哦,实际上,是这样,但我认为游戏

是一件更深的外部事物,一个被梦见的角色类型,
就像优雅的分界线,在这些漫长的八月
没有证明的日子。没有限制。在你知道它之前
它丢失在蒸汽和打字机的喧闹中。

它又被玩了一次。我认为你的存在只是为了
恳求我去游戏,在你的层面上,然后你就不在那里
或者采取了另一种态度。而这首诗
让我在你旁边轻轻地坐下。这诗就是你。

扫码收听
雷格为你读诗

13

特朗斯特罗姆

Tomas Tranströmer

"你们愿和我一起去童年吗？"
它们说："去！"

托马斯·特朗斯特罗姆（1931—2015），瑞典诗人、心理学家、翻译家。生于瑞典斯德哥尔摩。1954年发表诗集《诗十七首》，轰动诗坛。他善于从日常生活入手，把有机物和科学结合到诗中，以象征主义和超现实主义手法加以表现，被誉为"20世纪最后一位诗歌巨匠"。2011年荣获诺贝尔文学奖，获奖理由是其诗作"通过其凝练、透彻的意象，给予我们通往现实的崭新途径"。著有《途中的秘密》《半完成的天空》《看见黑暗》《为死者和生者》《巨大的谜语》等十余部诗集。

冰雪消融

作者 | [瑞典] 托马斯·特朗斯特罗姆
译者 | 李笠

早晨的空气送来邮票火热的信件。

雪在闪烁,负担减轻——一斤只有三两。

太阳离冰很远,在冷暖交界处飞舞。

风像推着一辆童车慢慢在走。

全家倾巢而出,看久违的蓝天。

我们置身在传奇故事的第一章里。

衣帽上阳光如野蜂身上的花粉。

阳光在"冬天"的名字上坐着,直到冬天离去。

雪中的圆木静物画让我深省,我问:

"你们愿和我一起去童年吗?"它们说:"去!"

灌木中词在用新型的语言呢喃:

元音是蓝天,辅音是黑色枝杈,它们在雪中漫谈。

但穿轰鸣之裙鞠躬的喷气式飞机

让大地的宁寂百倍地增长。

守护世界的神秘

唯有饮者留其名

2001年3月,托马斯·特朗斯特罗姆第二次访问中国,为《特朗斯特罗姆诗全集》中文版首发助兴。我作为这本书的编辑之一,全程参与了接待工作,有幸近距离接触这位来自波罗的海的艺术大师。

因为中风,特朗斯特罗姆右半身瘫痪,不仅拄上了拐杖,就连说话也含混不清,一切交流都由他的夫人莫妮卡代劳。在北大举行的特朗斯特罗姆作品朗诵会也因此形成了一道奇特的景观:来自中国各地的诗人、读者热情似火,欢聚一堂,主角特朗斯特罗姆本人却全程面色冷峻、一言不发地坐着,超然自外于这场因他而来的盛会。

不过,特朗斯特罗姆的真性情在喝酒的时候露出了冰山一角。他爱上了中国的白酒,甚至专门买了一套酒杯,就是餐馆里最常见的那种八钱小玻璃盅,就为了回瑞典后还能不时体验这种东方式的沉醉。莫妮卡向我们讲述此事时,特朗斯特罗姆在一旁用澄蓝色的眼睛注视着大家,流露出几分孩子般的欢快与得意。这一刻,他更像是一位与杯中物达成默契的饮者，一位行事疏放的盛唐诗人：他寻求隔绝外物的醉意，这深层的迷醉，是祛除杂质、帮助他与自然和现实建立直接而紧密联系的捷径。

意象的集束炸弹

不过，仅仅凭着爱喝酒这一点，就说特朗斯特罗姆像唐朝诗人，显然是轻率、不负责任的。他的作品与中国古典诗歌间一个显见的共同点，就是对意象的反复锤炼和持续提纯，而迷醉不过是进入这个神秘而广大的世界的开端，酒醒之后的艰辛劳作，通过耐心、冷峻的刀砍斧削达至词语的无比精确，才是其中的要旨。

所以特朗斯特罗姆在长达半个多世纪的文学生涯中，只写过区区两百多首诗，一点都不高产，平均下来，一年也就四首左右。他自己的说法是："完成一首诗需要很长时间。诗不是表达好'瞬息情绪'就完了。"

但他的作品成功率实在太高了，可说篇篇精彩、字字珠玑，抛出来的全是意象的集束炸弹。这些意象大多凝练、冷峻、奇崛，让人读后脑洞大开、浑身通泰。比如：

人人都在对方那里排队

（《孤独》）

草有一个绿色领导

（《夏天的原野》）

桥：一只飞掠死亡的巨大的铁鸟

（《1966年——写于冰雪消融》）

我站着，将手搭着门把，给房屋切脉

（《波罗的海》）

我们偷挤着宇宙的奶苟活

（《火的涂写》）

还有我最喜欢的：

二月，活着的静立不动。

鸟懒得飞翔，灵魂

磨着风景，像船

磨着自己停靠的渡口。

（《脸对着脸》）

为艺术而艺术

　　从这个意义上说，特朗斯特罗姆是当代一流诗人中最接近法国诗人瓦雷里所称"纯诗"写作的一位。他说："诗是对事物的感受，不是再认识，而是幻想。诗最重要的任务是塑造精神生活，揭示神秘。"20世纪70年代的瑞典诗坛曾经兴起过一波对特朗斯特罗姆的讨伐，激进的年轻诗人批评他太过专注于个人世界而与社会现实脱节,要求他拿出态度来;而特朗斯特罗姆自然是不为所动、一意孤行。说他与现实脱节,可真是冤枉他了:他的职业是心理学家,平时主要是给少管所的少年犯作心理疏导,对社会的阴暗面还不是了如指掌?所以十年以后,其中的一位抨击者专门写忏悔书向他致歉,给了这桩公案一个大团圆结局。

特朗斯特罗姆对诗人的影响甚至大于对读者的影响。这就好像,狂热的粉丝见到"万人迷"贝克汉姆会失声尖叫甚至激动到晕倒,而旁边那个沉默寡言的齐达内,才是足球圈里公认的技艺最精湛的大师。现代诗的大行家、诗人布罗茨基就表示:"我曾'偷'过他的意象。"

《冰雪消融》:守护世界的神秘

闲话说过,我们来读特朗斯特罗姆的诗。

《冰雪消融》选自诗集《半完成的天空》。诗的主题相对清晰,主要写冰雪消融的时刻回归自然的欢欣之情,同时揭示世间万物的隐秘联系。欣赏这首诗的要点,是看一位大诗人如何从多个角度营建一个意象集群,或者说,体会一下什么叫"妙笔生花"。

> 早晨的空气送来邮票火热的信件。
> 雪在闪烁,负担减轻——一斤只有三两。

当然没有信件寄来,这不过是诗人的一个比喻,和暖的春天回归的信号,一大早就由空气传达到了。相当于"盼望着,盼望着,东风来了，春天的脚步近了"，只不过在表达上大异其趣。雪在闪烁，指的是雪在一点点融化时反射阳光的微妙表现。所有被冰雪覆盖的东西，包括人被阴翳遮蔽已久的心情，都轻松起来，所以一斤只有三两重了。可以先考虑一下瑞典所处的纬度，再去理解和感受诗人的用意。

> 太阳离冰很远，在冷暖交界处飞舞。
> 风像推着一辆童车慢慢在走。

这一节里太阳和风两个意象都有某种程度的变形，形成相对应的互文。本该平静、慈祥的太阳被诗人处理得更焦躁（太阳什么时候飞舞过？），它还在与寒冷艰难交锋；而本该动感十足的风却被描写得超然、悠闲，拟人化为一位年轻母亲。

> 全家倾巢而出，看久违的蓝天。
> 我们置身在传奇故事的第一章里。

这里，人出现在自然中，与自然产生互动，或者说，与自然共振。自然的更替与轮回本身就是一个传奇故事，而以万物复苏的春天作为传奇故事的第一章，孕育着各种可能性，自是题中应有之义。

> 衣帽上阳光如野蜂身上的花粉。
> 阳光在"冬天"的名字上坐着，直到冬天离去。

本节再次描绘阳光,一个明喻,一个拟人化手法,都非常贴切而出人意表。阳光像花粉一样附着在人们身上,好像闪闪发光的金色颗粒,把人打扮成花丛里的蜜蜂,打扮成化装舞会上的明星。"阳光在'冬天'的名字上坐着",与冰雪死磕,看谁耗得过谁,韧性十足,表现力卓绝。

  雪中的圆木静物画让我深省,我问:
  "你们愿和我一起去童年吗?"它们说:"去!"

  雪中的圆木就是一幅幅静物画,它们唤醒他的个人经验,唤醒童年的记忆。意思简单明了,但被特朗斯特罗姆表达出来,却是童趣十足,非常可爱。

  灌木中词在用新型的语言呢喃:
  元音是蓝天,辅音是黑色枝杈,它们在雪中漫谈。

  这一节写自然之物的音乐性及它们的相互关联,让蓝天、枯枝在白雪的布景上发言,但画面感超强,好像摄像机的摇臂在舒缓地移动。
  特朗斯特罗姆在这一节提及了"词"和"语言",实际上也是在阐发关于诗歌的见解。可以参看他的另一首短诗《自1979年3月》:

  我碰到雪上鹿蹄的痕迹。
  是语言而不是词。

2011年诺贝尔文学奖颁奖典礼上，夫人莫妮卡代特朗斯特罗姆发表的获奖演说，就是以诵读这首诗结尾的。

整首诗至此，都是以意象组合成密集的意象群，而不是用逻辑来经纬的。相应地，诗人选择了一节双行的诗体，而且每一节里的两句诗还是以句号结束的独立单位。我们可以试着将前几节顺序打乱来读，效果应该不会差太多。尽管意象密集呈现，不过到此为止，都是非常节制的。这就是诗人自己说的："如果必要，可放弃雄辩，做一个诗的禁欲主义者。"一切都是在为末节的有力收束作准备。

但穿轰鸣之裙鞠躬的喷气式飞机
　让大地的宁寂百倍地增长。

强烈的对比骤然出现，带着强烈的势能差：上天与入地的对比，自然之物与工业之物的对比，喧嚣与宁静的对比。喷气式飞机"**穿轰鸣之裙**"向伟大的自然鞠躬致意，这是只有特朗斯特罗姆才有的情怀和想象力，阔大辽远；"**大地的宁寂百倍地增长**"，守护这个世界的神秘，为它讴歌，隽永深沉。

此时，我们仿佛看见，特朗斯特罗姆用他的左手奋力将钢琴的琴键一齐按下，然后戛然而止：比"鸟鸣山更幽"更强烈，是"听只掌声"！

延伸阅读

脸对着脸

作者 | 托马斯·特朗斯特罗姆
译者 | 李笠

点评

这首诗表面上写了一些可以归类为冬日风景的意象，但实际上写的是个体与存在相遇时的顿悟，这一点从诗的标题"脸对着脸"可以看出。谁和谁脸对脸呢？是"我"和世界、和存在相对，并且融为一体，它的形象化表达就是"大地和我对着彼此一跃"，不是"我"跃向大地，而是彼此互跃，带来的是一种天人交会的眩晕感。

"灵魂磨着风景"是这首诗另一个引人注目的精彩意象。在这里，灵魂和风景一个虚、一个实，隐喻了人的精神和这个世界的关系。精神有时意欲融入世界，有时又有从世界超脱出去的冲动，这种永恒的矛盾被特朗斯特罗姆用一个巧妙的"磨"字加以精准、凝练地表现，其反复、持续、痛苦、深入的无穷韵味，尽在其中。

二月，活着的静立不动。

鸟懒得飞翔，灵魂

磨着风景，像船

磨着自己停靠的渡口。

树站着，背对这里。

枯草丈量着雪深。

脚印在冻土上衰老。

语言在防水布下枯竭。

有一天某个东西走向窗口。

工作中断。我抬头

色彩燃烧。一切转身。

大地和我对着彼此一跃。

孤　独

作者｜托马斯·特朗斯特罗姆
译者｜李笠

点评

这首诗是一分为二，又合二为一。第一首写特殊化的个体经验，第二首写普遍性的共同感受，一道为"孤独"画了一张扑克牌一样的双面像。

在第一首诗里，诗人遭遇了一场雪夜车祸，在一种类似临终体验的情境中表达对他作为一个普通人的尘世生活的留恋，借助生命的脆弱、无助直指孤独的本质。

第二首诗则是概括性和总结性的，它描述了人类生活的一个真相：人们共同生活在世界上，往往非常拥挤，生活的轨迹也会交叉。每个人都对自我存在的价值抱有幻想，以为自己在他人心目中如他所希望的那样重要。但实际情况是，人人都这么想，留给他人的注意力和善意就非常有限了，人们还是彼此隔绝、彼此疏离的。"人人都在对方那里排队"，特朗斯特罗姆用最形象的语言概括了这种本质性的孤独。

一

二月的一个夜晚,我差点在这里丧生。
我的车滑出车道,进入
路的另一侧。相遇的车——
它们的灯——在逼近

我的名字,我的女儿,我的工作
松开我,默然留在背后
在越来越远的地方。我像校园里
一个被对手包围的男孩一样匿名。

逼近的车射出强大的光,
照着我,我转动着转动着方向盘,
透明的恐惧如蛋白滴淌。
瞬息扩展——你能在那里找到房间——
它们大得像医院的大楼。

被撞碎前
你几乎能停下
喘一口气。

这时出现了一个支点：一粒援助的沙粒

或一阵神奇的风。车脱了险

飞快地爬回自己的车道。

一根电线杆横空飞起，折断———一阵尖利的响声——它

飞入黑暗。

四周平静下来。我系着安全带坐着

等待某人冒着风雪

看我出了什么事。

二

我长时间在

冰冻的东哥特原野上行走。

半天不见人影。

而在世界其他地方

人在拥挤中

出生，活着，死去。

想引人注目——生活在

眼睛的海洋

就必须有特殊表情。

在脸上抹泥。

呢语飘起,下坠
在自身,天空,
影子和沙石间分裂。

我必须孤独
早晨十分钟
晚上十分钟。
——无所作为。

人人都在对方那里排队。

几个。

一个。

自 1979 年 3 月

作者 | 托马斯·特朗斯特罗姆
译者 | 李笠

点评

特朗斯特罗姆在这首诗里阐明了自己的一个诗歌观念。我们很容易疏忽地将词和语言混为一谈，特朗斯特罗姆却在此敏锐地指出了它们的根本分野：词是死的，而语言是活的；词是表达的工具，而语言是生命体验的容器；词容易流于狭隘，语言却天然地赋有生命的阔大。

厌倦所有带来词的人,词而不是语言,

我来到雪覆盖的岛屿。

荒野没有词。

空白之页向四方展开!

我碰到雪上鹿蹄的痕迹。

是语言而不是词。

扫码收听
雷格为你读诗

14

希尼

Seamus Heaney

我们的眼神电光般相接

没有任何

狂喜可以比拟

谢默斯·希尼（1939—2013），爱尔兰诗人、剧作家、评论家、翻译家。生于英国北爱尔兰德里郡，1972年和家人移居爱尔兰都柏林。毕业于贝尔法斯特女王大学，当过中学和大学教师，曾任美国哈佛大学修辞学教授、英国牛津大学诗学教授。二十多岁即以诗集《一位自然主义者之死》闻名诗坛。1995年，因其"作品饱含的抒情之美，以及对伦理的深刻理解，凸显了日常生活的奇迹和历史的现实性"荣获诺贝尔文学奖，被称为"继叶芝之后最伟大的爱尔兰诗人"。著有诗集《北方》《野外作业》《山楂灯笼》《电灯光》《人链》，诗学文集《写作的场所》《舌头的管辖》等。

奇游之歌

作者 |［爱尔兰］谢默斯·希尼
译者 | 雷格

爱的神秘确在灵魂中萌生,
然而身体仍是记录的书页。

一

捆紧,推出,叉车叉起,锁扣
就位,就可以开车了,
颠簸着疾驰,把骨头晃散架,

护士去前排做乘客,你坐在
她腾出的侧边位置,我平躺着——
我们的姿势一路保持不变,

一切已说出,尽在不言中,
我们的眼神电光般相接,没有任何
狂喜可以比拟,直到这一刻,在周日早晨

一辆救护车阳光照耀的冰冷中,
哦我的爱人,我们本可以引证邓恩
关于延宕之爱的诗句,身体和灵魂分开。

二

分开：此词恰如钟声，
教堂执事马拉奇·博伊尔
彼时在贝拉奇曾经摇响，

我在德里做学院的轮值敲钟人时
也曾鸣响，拉拽钟绳的感觉仍在
我曾经自如的温热的手

掌根处，你一路上拉起这手
用你的手焐热它，我却感觉不到，
它笨重地垂着，像一根钟绳，

而我们全速驰过邓格洛、
格伦多安，我们迷醉的对视被一根
吊起来的输液管分成两半。

三

德尔斐的驭者还在坚撑，
他的六匹马和战车已不见，
左手被砍下，

只剩手腕凸出,像开口的喷管,
青铜缰绳在他右手荡动,他直视的眼神
空荡如战队本应在的地方,

他那直视前方、脊背挺直的姿势就像我自己
在走廊里做理疗,坚撑着
仿佛又一次在两个手柄间

步子协调,另一人的手把着我的手,
犁头的每一次滑动,它碰到的每一个石块
都如同脉动,能从木头把手上感到。

不必远方,诗就是生活

叶芝传人

1939年1月28日,爱尔兰大诗人叶芝在法国辞世。这一年的4月13日,谢默斯·希尼降生在北爱尔兰德里郡的一个天主教农民家庭。这样一个巧合仿佛命运冥冥中的安排,让希尼作为叶芝的"转世灵童",接管了爱尔兰诗歌的伟大传统。1995年,在叶芝获得诺贝尔文学奖整整72年之后,希尼终于成为该奖得主,获奖理由是:"作品饱含的抒情之美,以及对伦理的深刻理解,凸显了日常生活的奇迹和历史的现实性。"不愧是诺贝尔文学奖委员会,这个概括非常精准、到位。

诗歌改变命运

不过说起来,希尼走上诗歌道路也并不是个必然。他属于一个大家族,这个家族世代务农,在当地甚至颇受尊敬,但是从来没出过什么读书人、艺术家,完全没有人文传统。唯一的例外算是希尼的一个名叫帕特的表兄,此人是个老光棍,喜欢读书,一读起书来就会把饼烤煳,经常遭到大家的嘲笑。所以后来希尼出版第一本诗集时,家里人对他的表扬竟然是:"嗯,上帝知道帕特会很享受它。"

说到诗歌改变命运,希尼在自传文章里还讲过一个小故事,蛮有意思。当时,希尼从贝尔法斯特女王大学毕业后,在一所中学当老师。学校的校长麦克拉弗蒂先生很搞笑,总喜欢穿着花呢西装和雕花皮鞋到各班巡视,到了希尼班上就会一本正经地问他:"希尼先生,学生们在你课堂上勤奋吗?"希尼答说很勤奋。校长又问:"你有教他们欣赏诗歌吗?"希尼说有。校长又问:"你看到他们有任何提高吗?"希尼说当然有提高。最后,校长先生会问:"希尼先生,当你在报纸上看到橄榄球队的照片,你总是一眼就能从球员的脸上认出谁曾学习过诗歌,对吗?"希尼总会非常配合地回答:"对,麦克拉弗蒂先生,我确实知道。"校长先生就得意地点点头,对学生们说:"你们看到了吧,同学们,好好学习,别到头来落得跟其他人一样,在某个街角瞎扯!很好,希尼先生!"然后才心满意足地昂着头走开。

希尼一唱一和地配合校长,是因为他相信:"恰恰是这个虚构、反讽和有异想天开的脚本的假面舞会,才能够使我们抽离自身并进一步贴近我们自己。艺术的悖论在于,艺术全是编造的,却可以使我们了解到我们是谁、我们是什么或者我们可能是谁、我们可能是什么的真相。"这是关于艺术最好的描述之一。

回忆与重构

组诗《奇游之歌》(*Chanson d'Aventure*,也可译作《历险的香颂》)选自希尼生前出版的最后一部诗集《人链》。

2006年,67岁的希尼在爱尔兰多尼戈尔郡一家客栈参加朋友寿宴时突然中风,半身不遂,口不能言,被紧急送往医院救治。这一变故使希尼的诗风发生了某种转变,老之将至的无力感与痛切感,以及面对人生大限的坦诚与伤感,成了他此后一个时期艺术创作的基调。整部《人链》充满了对过往的回忆与重构,其中有悔恨,有遗憾,有低语,有缅想,有细节的精准描摹,有经典的巧妙化用,有历史的悠远回声,有爱意的婉转流连。从诗艺的角度看,《人链》堪称这位"当代最重要的英语诗人"留给世界最后的惊喜,行云流水,收放自若,精纯有光。

爱的新生

《奇游之歌》就是希尼对那次中风事件的直接摹写。组诗的题记引自英国玄学派诗人约翰·邓恩的诗《迷狂》,从这样的安排中不难看出,这组诗的主题就是爱,或者说爱的新生。事实上希尼自己也说过:"救护车中爱的新生,是我最强烈、最甜美的回忆之一。"

组诗由三首短诗组成,每一首自成一体又相互关联,从几个侧面为爱画像。

爱的狂喜

第一首诗,欣赏的关键是角度、节奏和关系的微妙变化。

> 捆紧,推出,叉车叉起,锁扣
> 就位,就可以开车了,
> 颠簸着疾驰,把骨头晃散架,

诗的开头是一连串急促、生硬的术语,还原医护人员忙乱而有序地将希尼安置在救护车里、准备前往莱特肯尼医院的场景,现场紧张感十足。

然后诗的节奏突然放慢,进入祥和舒缓的气氛,通过护士的让位,自然地引出诗的主角——诗人的妻子玛丽,让她以守护天使的形象呈俯角出现,施惠于平躺着、孩子般无助的诗人——事实上,诗人刚刚哭过,他发现自己一条腿动不了了,便不由自主地哭着找爸爸。此时,他已不是那个自如驾驭语言的大诗人,而完全成了弱者,期待着爱给予他重拾自我的力量。"我们的姿势一路保持不变",这种位置关系由此固定下来,为下一步的感叹升华作铺垫。这种关系,很像《神曲》中的贝雅特丽齐之于但丁。说到但丁,他对希尼在诗体的选择上多有启发:希尼也像但丁一样使用三行体,但有别于但丁的庄严、空洞和雄辩,希尼的诗不押韵,通常每首只有四节,语言也平实而细碎,诗意和情感往往从支离破碎的诗句中渗出,淹没阅读者。

接下来,希尼以一种类宗教极端体验的方式赞颂爱情。因为他已不能说话,所以他们一直用眼神交谈:

> 我们的眼神电光般相接，没有任何
>
> 狂喜可以比拟，……

希尼引出邓恩的典故将这种狂喜之爱定格——希望它永续不退，处理得十分妥帖，千言万语只借他人的嘴说出，自己则半隐身形抽离：

> 哦我的爱人，我们本可以引证邓恩
>
> 关于延宕之爱的诗句，身体和灵魂分开。

这是深沉、羞涩的写作者们常用的手法，也是我个人最为钟爱的文学情感与文学技巧之一。

爱的迷醉

第二首诗，则通篇围绕"分开"这一概念展开，继续深化"爱的新生"的主题。

随着救护车一路疾驰过多尼戈尔郡的邓格洛、格伦多安等地，没有知觉的手让诗人深深体会到第一首最后一句写到的"灵魂和身体分开"的无奈，并且通过"钟绳"的意象将人生中一个个充满无力感的瞬间联系起来。

贝拉奇是北爱尔兰马拉费尔特区的一座城堡，希尼一家于1953年搬到这里居住。"彼时"在这里是拉丁文 *in illo tempore*，暗指"彼时弥撒"；有职务、有全名的教堂执事马拉奇·博伊尔则象征着宗教权威，使诗人回想起少年时代进教堂的复杂感受。

希尼是出身于北爱尔兰的农家子弟,他的中学时代是在德里市的寄宿学校圣科伦巴学院度过的,当时他最大的痛苦和困惑之一是不得不与家人分离,他在其他诗作里也曾多次写到。

请注意,希尼的诗不仅不押韵,而且没有大的停顿,甚至从头至尾没有句号,一逗到底,任意转行、分节。这正是希尼诗歌的迷人之处:他并不用我们所习见的笨拙方式掌控节奏,甚至任由语句苦涩地破碎,但语义、场景、情绪的转换却像丝绒一般柔顺、自然。这首诗也不例外,前面说"我曾经自如的温热的手"(此句系化用济慈的诗句:"这只活着的手,现在温热而自如"),后面紧接着一句"你一路上拉起这手",就将我们的注意力拉回到救护车中,见证希尼和妻子的爱意:

　　……我们迷醉的对视被一根
　　吊起来的输液管分成两半。

这最后一句有如诗眼,是真实感受,也是神来之笔。

爱的深化

第三首仍然写"爱的新生",但不是夫妻情爱,而是如山父爱,并通过三个场景的转换加以实现。

第一个场景是对一件古希腊出土文物——"德尔斐的驭者"铜像的描绘。从表面上看,是驭者的肢体残缺、姿态僵直唤起了希尼的共鸣,但是

"他直视的眼神／空荡如战队本应在的地方"同样应当重视，我们仿佛从中看见了希尼作为诗歌艺术大师的自矜、不甘和雄心。

第二个场景是希尼在医院的走廊里做康复理疗，扶着减重步态装置的扶手，像"德尔斐的驭者"一样僵硬。不过，这只是过渡，握扶手的触感让他迅速唤起了父亲手把手教他犁地的记忆，诗进入了第三个场景。

希尼有许多首诗写到了他的父亲，一个普通的矮个子爱尔兰农民，写父亲的辛劳、急躁和倔强。他的第一部诗集的第一首诗《挖掘》就是将他父亲的铁锹与自己的钢笔类比，也为他毕生的创作定下了音准，颇值一读。这些诗大致都有一个类似的主题，就像希尼在第三首诗的结尾提示我们的一样：爱是帮扶、继承和劳作，"都如同脉动"，是人与土地间割舍不断的隐秘联系。

诗就是生活

希尼的诗全部来源于他的生活，甚至精确到每一句话都有生活里的出处。虽然个人经验在他的诗中占比极大，又细腻、充分地糅合了历史、神话和现实，有相当强烈的陌生化效果，但其中对人性的深度挖掘又能够唤起普遍的共鸣，十分耐读。诵读和欣赏希尼这类诗人的作品，有助于帮助我们接近一个关于诗歌的真相：诗不必时时与远方并存，也并非对生活的疏离和诅咒，或许它就存在于对生活的回望、体察与重建中，甚至可以说，诗就是生活本身。

延伸阅读

挖 掘

作者丨谢默斯·希尼
译者丨黄灿然

点评

这是希尼公开出版的第一部诗集的第一首诗,带有个人宣言的意味。在诗中,诗人正在屋里手握钢笔奋笔疾书,听见了窗外传来的父亲挖地的声音,由此想起祖父挖泥炭、父亲挖土豆都是好手,决心自己也要用手中的笔做好自己的工作——写作。

他揭示了农事生活与写作之间的相似性和隐秘联系,从这个意义上说,他投身文学事业,未尝不是对他的故土、亲人和农民本质的一种传承和传扬。此后,"挖掘"成了希尼诗歌的核心意象,他以一生的诗歌实践完成了对生活的深垦,揭示了"日常生活的奇迹"。

在我的食指与拇指之间
夹着粗短的笔；舒适如一支枪。

我窗下，传来清脆的锉磨声
当铁铲切入含砂砾的地面：
父亲在挖掘。我往下看

直到他绷紧的臀部在花圃间
弯下去又挺起来，恍若二十年前
他有节奏地弓身于马铃薯垄
在那里挖掘。

粗陋的靴踩着铲头，柄
贴着膝盖内侧使劲撬动；
他锄掉高高的叶茎，将明亮的铲边深深埋进去，
把新马铃薯掀到四下里，我们拾起，
喜欢它们在我们手里冷硬的感觉。

上帝作证，老头还能挥舞铁铲。
如同他的老头。

祖父一天里在托纳沼泽地
铲的泥炭比任何人都要多。
有一次我给他送一瓶牛奶，
用纸随便塞住瓶口。他直起身
喝了，又立即开始干活，
利落地又切又割，把草泥
抛到肩后，不断往深处
寻找好泥炭。挖掘。

马铃薯霉的冷味，湿泥炭的嘎扎声
和啪嗒声，切下活根茎的短促刀声
在我头脑里回响。
但我没有像他们那样干活的铁铲。

在我的食指与拇指之间
夹着这支粗短的笔。
我将用它挖掘。

领 养
——给迈克尔·麦克拉弗蒂

作者 | 谢默斯·希尼
译者 | 黄灿然

点评

这首小诗是希尼的组诗《歌唱学校》中的一首。组诗写他所处的社会环境、所受的教育,以及他进行诗歌艺术探索的艰难。其中这首诗写到的,恰恰是他任教的那所中学的校长——麦克拉弗蒂先生,描述了他们二人街头相遇的一幕。校长先生本人是位小说家,对文学抱有极大的热忱,所以一见到希尼这个文学后辈("语言上的毛头小子"),就热情地、喋喋不休地教育他、鼓励他,好像对待一个为了受教育寄养在家里的孩子,这就是诗题为"领养"的缘故。他虽然心意拳拳,但这种强迫性最终还是让希尼感到了一丝厌烦("让夸夸其谈见鬼去吧"),因为他有自己的文学抱负和追求。校长先生向希尼嚷出的"描写即揭示"是美国诗人史蒂文斯的诗句。曼斯菲尔德是出生于新西兰的英国女作家。霍普金斯是19世纪英国诗人,诗中提到的《日记》就是指他的日记。

"描写即揭示!"皇家
大道,贝尔法斯特,一九六二年,
一个星期六下午,很高兴见到
我这个语言上的毛头小子,他抓住
我的手臂。"听着。走你自己的路。
做你自己的事。要记住
凯瑟琳·曼斯菲尔德——'我将讲述
那个洗衣篮怎样嘎吱作响'……那流亡的音调。"
但是让夸夸其谈见鬼去吧:
"别让血管在你的圆珠笔里膨胀。"
然后是"可怜的霍普金斯!"我有他给我的
《日记》,画了着重线,他压弯的自我
向那字行间的痛苦俯首。他到处
洞察耐性的外部特征,
领养我再把我送出去,把词语
强加在我的舌头上,像银币。

小型机场

作者｜谢默斯·希尼
译者｜雷武铃

点评

希尼在这首诗里写了家乡一座小型机场的变迁，回忆了小时候被姑姑领着去机场看飞机的经历，还对自我、爱和时间作了伦理性的探讨。关键是，他所做的这一切，都是在不露痕迹的转折中完成的，环环相扣却不拖泥带水，既内蕴丰厚又自然顺畅，展现出高超的技巧和功力。

简单解读如下：图姆机场原来是一座战时临时机场，供"二战"中盟军的轰炸机起降，但战争结束后几经周折，最后成了别墅。诗人在回顾机场的变迁史时，想到了自己五岁时跟着玛丽姑姑去机场等轰炸机返航的事。虽然他更想去两英里外热闹的图姆集市，但姑姑坚持去机场，让他觉得特别遗憾。姑姑去机场，其实是去等她心仪的一个飞行员，但很可能这个飞行员已经牺牲了，永远不会回来。希尼感觉到姑姑的焦急，忽然产生了恐慌，生怕姑姑要随飞行员一道飞走。但姑姑仍然很镇静，攥着他的手，牢牢站在大地上。后来他的这个姑姑终生未嫁。这些回忆让他心生感慨，用飞行术语对爱的定位作了一番描述。这提示我们，诗的主题乃是关乎爱——爱的多种形态，对丧失的恐惧——及爱之坚守的价值。一首小诗，容量巨大。

它首先变回杂草地，之后

再变为仓库和砖场（被称作

克里夫草地工业园），

它战时灰色的控制塔被重建装满玻璃

成了棱角分明的 CEO 风格别墅：

图姆机场变成了本地历史。

机库，跑道，弹药库，半桶形掩蔽棚，

周边带刺的铁丝网，都遗忘了，消失了。

但没遗失的是雏菊的芬芳

和新铺马路上热沥青的气味，1944 年

复活节星期一[17]。还有那天下午两英里外

一年一度的图姆集市鲜亮的售货棚，

那因无法去到而更显明亮的一切。

我们没有廉价货摊，没有

风雨棚，无檐帽，或扎缎带的俗艳品：

世界在那里，而我们在别处，

17- 复活节是一个西方的重要节日，在每年春分月圆之后的第一个星期日。在欧洲，复活节假期从复活节前一个星期五持续至复活节后一个星期一。

不在那里,也不会去那里。麻雀可以飞落,
B-26 轰炸机没有返回,但那天空
在被征收令篡夺的土地之上
守望和等待着——就像那天我和她

在机场边守望和等待着。
一种恐慌掠过,就像夜间飞行
见光即散的翅膀在白天飞掠过
看不见的上空:她会高升起来

随那飞行员从"雷电"战机发出的召唤走掉吗?
但她那方,作为回应,只是最轻微的
后挺僵直,仍牢牢地站在大地
同时她的手向下,紧紧握住我的手。

如果自我是一种定位,那么爱也如此;
确定方位,画出标记,选定基点,
选择,固执己见,决不动摇,保持距离
在这里和那里在此刻和那时,坚守立场。

扫 码 收 听
雷格为你读诗

15

布罗茨基

Joseph Brodsky

它在我们中间寻找骑手

约瑟夫·布罗茨基（1940—1996），俄裔美国诗人、散文家。生于列宁格勒（即今天的圣彼得堡）。15岁即辍学谋生，打过许多杂工，并开始写诗。1972年被剥夺苏联国籍，驱逐出境，后移居美国。1977年加入美国籍。由于其作品"超越时空限制，无论在文学上及敏感问题方面，都充分显示出他广阔的思想和浓郁的诗意"，1987年荣获诺贝尔文学奖。1991年成为美国桂冠诗人。著有诗集《韵文与诗》《诗选》《言语的一部分》《致乌拉妮娅》《二十世纪史》，散文集《小于一》《悲伤与理智》等。

蓝 调

作者｜[美]约瑟夫·布罗茨基
译者｜雷格

我在曼哈顿住了十八年。
房东原来挺好，后来变得恶劣。
其实，是个人渣。天哪，我恨他。
钱是绿的，可它流起来像血。

我猜，我该搬到河对岸去了。
新泽西在召唤，它的硫火在闪光。
也许，有数的残年会少些罪恶。
钱是绿的，可它并不生长。

我会搬走我的家具，我的旧沙发。
可我该拿窗子里的风景怎么办？
我感觉已和它结了婚，就这意思吧。
钱是绿的，可它让你郁郁寡欢。

肉身大概知道它将去往哪里。
我想，还是一个人的灵魂让他祈求，
即使头顶只有一架波音飞机。
钱是绿的，而我已白头。

怨曲 1992

诗歌与散文

在中国,诗人约瑟夫·布罗茨基的名声似乎远远不及他作为散文作家的影响力。他的两部散文集《小于一》和《悲伤与理智》获得了广泛的赞誉,而他贵为史上最年轻的诺贝尔奖获奖诗人(获奖时47岁),有过哪些代表作品,估计多数人都不甚了了。除了在他获奖后出的一本《从彼得堡到斯德哥尔摩》,迄今再无一本比较完备的中文诗选出版,只有部分诗人和爱好者在网络上顽强地自发翻译、欣赏、交流他的诗。

这也难怪,他在英语世界,大致也就是这么一个境遇:人们多把他作为一位散文大家来认可。

这可真是无奈的讽刺。要知道,布罗茨基可是说过这样的话:"任何文人的思想,都是等级制的。在这个等级制内部,诗歌占据着比散文高的地位,而诗人在原则上高于散文家。""诗歌是语言最高的存在形式。"(《诗人与散文》)

非类型化诗人

在我看来，布罗茨基既不是这个流派，也不是那种风格的诗人，他所写的，就是诗。在诗歌写作者眼中，他与其说是一个令人仰视的对象，不如说更像一个强大的竞技对手，一个标杆式的人物。

作为一个遭到苏联政府放逐的流亡诗人，苦难是他诗歌写作的原动力和不竭的题材源泉，但这些苦难（他所遭受的苦难显然比不上索尔仁尼琴，更多的是精神上的窒息感、疏离感和孤独感），从未使他面临囿于一个类型化诗人的风险。换句话说，他在处理更加一般化的题材时，同样得心应手、技艺高超。

敏感与高傲

布罗茨基其人，敏感而高傲。

他15岁的时候，因为不堪忍受教育体制虚伪、空洞的说教，决然辍学走上社会大课堂，家长、老师、同学的劝阻均无济于事。

他在工厂、锅炉房、实验室、太平间做过杂工，参加过地质勘探队，进过监狱和精神病院，备尝生活的艰辛。1964年，他因为写诗，被当局以"社会寄生虫"罪判处5年苦役。卡夫卡式的"寄生虫布罗茨基审判会"留下了这样一段精彩的审讯记录：

法官：您的职业是什么？

布罗茨基：诗人。诗歌译者。

法官：是谁承认您是诗人的？是谁把您列入诗人行列的？

布罗茨基：没有人。那么是谁把我列入人类的呢？

法官：那您学过这个吗？

布罗茨基：什么？

法官：学过怎样成为诗人吗？您没有上过大学，哪里培养……哪里教出……

布罗茨基：我不认为诗人是教育出来的。

法官：那是怎么出来的？

布罗茨基：我想，这……来自上帝。

当法官嘲讽地问他："您做过什么对祖国有益的事情吗？"他骄傲地回答："我写诗。这就是我的工作。我相信……我确信，我写下的东西将服务于人民，不仅是此时，还将服务于后代。"

像那种"诗歌高于散文"的得罪人的大实话，也就是骄傲如布罗茨基者，才能够直白地说出来。

诗歌的宠儿

虽然布罗茨基历尽苦难，但我还是要说，他是一个诗歌的宠儿。

首先是他的诗才。1996年，时任俄罗斯总统叶利钦在悼念布罗茨基逝世时说："布罗茨基是俄罗斯诗歌的太阳，是继普希金之后最伟大的俄罗斯诗人。"这应该不是过誉之辞。他在21岁的年纪就在《黑马》中写出"它在我们中间寻找骑手"这样锐利的、天启式的句子。他23岁时的长诗

《挽约翰·邓恩》轰动西方诗坛,其中有大量"敌意与他一同/沉睡在英格兰原野的积雪里"这样复杂、深沉的诗句。

其次是文学界对他的厚爱。他被判刑后,苏联国内外大声疾呼营救他的长长名单中包括了阿赫玛托娃、肖斯塔科维奇、巴乌斯托夫斯基、贝里曼、萨特等名字。当局不得不缩短他的刑期,将他释放。1972年,当局将他塞进一架飞机流放国外,是大诗人奥登张开父亲般的怀抱,在维也纳欢迎他,并将他带进国际诗坛的核心圈子,往来的是希尼、帕斯、沃尔科特。

最后,也最让人羡慕的,是他在智力上的巨大优势。他博学多闻,熟谙欧洲(而不只是俄罗斯)诗歌的悠久传统,在诗体、韵步、韵脚方面是独步天下的专家。他在诗评文章中能够洞察哈代、弗罗斯特、茨维塔耶娃、曼德尔施塔姆、奥登、沃尔科特等人隐秘的写作动机和精微的艺术表达。他能写雄伟的大哀歌,能在《致乌拉妮娅》中形而上地探讨时间与空间,能在《一九八〇年五月二十四日》这样给自己的生日贺诗中用密集的诗歌意象总括自己的一生,也能在《蓝调》这样生涯晚期的小品中轻松处理日常题材,嬉笑怒骂地表达对一个小气的房东的不满。

幽怨与诙谐

《蓝调》写于1992年,这一年布罗茨基52岁,距他辞世还有四年。他在纽约曼哈顿租住旅馆的房东前恭而后倨,为着房租的缘故逼他搬家,双方因而形成了某种常见的情绪对抗。但他的确用了不寻常的诗歌手法加以处理。

诗的标题是"蓝调",或"布鲁斯",原本是起源于美国黑人的一种流行音乐形式,内容多为自我情感的宣泄,特别是表达对自身不公平处境的悲愤之情。布罗茨基将其借用到诗里,自然是为了与他要处理的题材相契合,所以它像蓝调音乐一样,表达了不忿和幽怨。我们不妨将其称作"布罗茨基的怨曲1992"。

更有趣的是,这首诗还是诙谐的。它非常口语化,近乎打油诗,其中有咒骂、有自嘲,它们对哀叹的轻处理,给了全诗更复杂的音色和韵味。——这也是我选择这首诗向大家介绍的原因之一。我想说的是,诙谐是现代诗一个重要的审美维度,也就是说,诗要写得有趣。

指桑骂槐与依依不舍

> 我在曼哈顿住了十八年。
> 房东原来挺好,后来变得恶劣。
> 其实,是个人渣。天哪,我恨他。
> 钱是绿的,可它流起来像血。

诗人对房东的咒骂用词激烈("是个人渣"),显然与实际可能的情绪对立程度不符。他之所以夸大其词("天哪,我恨他"),无非是借题发挥,实际上想骂的未必是这个小气鬼房东,而是金钱至上的社会里的人情凉薄,是金钱本身的冷酷。

另外,这种高调的虚张声势,其实是为后面的无奈作铺垫。

>我猜,我该搬到河对岸去了。
>
>新泽西在召唤,它的硫火在闪光。
>
>也许,有数的残年会少些罪恶。
>
>钱是绿的,可它并不生长。

他在第二节,首先指出可能搬去的新泽西同样有地狱的属性("它的硫火在闪光"),未必就比纽约好到哪里去;然后就悄悄点出了自己正在衰老这一事实("也许,有数的残年会少些罪恶")。实际上,这才是让他幽怨的真正原因,时间的流逝对人形成的压迫感才是本诗的真正主题。

>我会搬走我的家具,我的旧沙发。
>
>可我该拿窗子里的风景怎么办?
>
>我感觉已和它结了婚,就这意思吧。
>
>钱是绿的,可它让你郁郁寡欢。

在第三节,诗人的负面情绪完全从愤懑转化为忧伤,道出了自己因不得不搬走而不快的理由:他舍不得窗子里的风景!搬走,甚至意味着他和爱侣的分离。这已经不仅仅是一场由金钱带来的纷争,而是内心上演的戏码,是无限的眷恋和纠结。

>肉身大概知道它将去往哪里。
>
>我想,还是一个人的灵魂让他祈求,
>
>即使头顶只有一架波音飞机。

钱是绿的，而我已白头。

诗人展示了他孩子气的一面，他想向上帝（或者老天）祈祷，希望他这小小的愿望能够得到同情和支持。当然他很清楚，没有上帝，也没有什么超自然的力量，能给人的灵魂以些许安慰。值得欣赏的是他在此处理的巧妙手法。"头顶只有一架波音飞机"，简单一个意象，道出现实的残酷，出人意料，却不激烈，忧伤和诗意霎时涌上心头。

轻逸与机巧

我们注意到，本诗每一节的结尾都像蓝调音乐一样，是一句稍加变化的往复回旋，这让它呈现出与主题和情绪完美呼应的谣曲特征。

而且，诗人是在用"美元钞票是绿色的"这一点做文章，妙趣横生。

第一节直指金钱嗜血的本质：钱是绿的，可它在人们中间流通时，就像红色的血。

第二节批判金钱的冷酷无情：钱是绿的，可它不像大自然中绿意盎然的植物，它不能生长。

第三节最工妙，用一个双关语指出金钱给人的不良感受：钱是绿的，却让我们郁闷。郁闷和蓝在英语中是同一个词：blue。

第四节，还是围绕颜色做文章：钱是绿的，而诗人在老去，头发在由黑变白。

还是要强调一下，诗人在诗中展示的机巧，仍然是轻处理；它对读者情绪的带动，其实靠的是诗人内心情绪的微妙变化。一首好诗，无论是抒情或是戏剧性的,无论是哀伤或是诙谐的,总会在不经意间直抵我们的心灵。

从这个意义上说,现代诗也没有什么特别:布罗茨基选择的路向,和孔子所说的"兴观群怨"又有什么真正的不同?

延伸阅读

黑 马

作者｜约瑟夫·布罗茨基
译者｜吴笛

点评

此诗是布罗茨基早期代表作，写于 20 世纪 60 年代。"黑马"显然是一个极具象征性的意象，实为一匹形而上之马；布罗茨基对于黑马之黑的各种比喻，展现出他非凡的诗才。关于黑马象征什么，一向理解不一，见仁见智。有人认为黑马象征死亡。诗人王家新认为黑马就是诗歌本身，它和作为骑手的诗人相互寻找。

黑色的穹窿也比它四脚明亮，
　　它无法与黑暗溶为一体。

在那个夜晚，我们坐在篝火旁边，
一匹黑色的马儿映入眼底。

我不记得比它更黑的物体。
它的四脚黑如乌煤。
它黑得如同夜晚，如同空虚。
周身黑咕隆咚，从鬃到尾。
但它那没有鞍子的脊背上
却是另外一种黑暗。
它纹丝不动地伫立。仿佛沉睡酣酣。
它蹄子上的黑暗令人胆战。

它浑身漆黑，感觉不到身影。
如此漆黑，黑到了顶点。
如此漆黑，仿佛处于针的内部。
如此漆黑，就像子夜的黑暗。
如此漆黑，如同它前方的树木。

恰似肋骨间的凹陷的胸脯。
恰似地窖深处的粮仓。
我想:我们的体内是漆黑一团。

可它仍在我们眼前发黑!
钟表上还只是子夜时分。
它的腹股中笼罩着无底的黑暗。
它一步也没有朝我们靠近。
它的脊背已经辨认不清,
明亮之斑没剩下一毫一丝。
它的双眼白光一闪,像手指一弹。
那瞳孔更是令人畏惧。

它仿佛是某人的底片。
它为何在我们中间停留?
为何不从篝火旁边走开,
驻足直到黎明降临的时候?
为何呼吸着黑色的空气,
把压坏的树枝弄得瑟瑟发响?
为何从眼中射出黑色的光芒?

它在我们中间寻找骑手。

我坐在窗前

作者｜约瑟夫·布罗茨基
译者｜金重

点评

布罗茨基此诗作于 1971 年，写给他的好友、传记作者列夫·洛谢夫。这是他被逐去国的前一年，以他诗人的敏锐，他应该有预感，所以虽然他当时只有三十出头，但全诗弥漫着一种与他年纪不相称的疲惫。他在其中写对人生（"命运玩着不得分的游戏"）、对爱情（"当我爱时，我爱得很深。但不经常"）、对时代（"摩登时代滋育的灰尘"）、对国家（"一个二流时代忠实的臣民"）的观感，也写了自己的孤独（"我沉重的影子是我矮墩墩的伴侣"），对自己前半生作了一个总结，带有强烈的思辨色彩。

我说过命运玩着不得分的游戏，

有了鱼子酱谁还要鱼？

哥特风格的胜利会从你眼前经过，

会打开你的电钮——不再需要炭，或草。

我坐在窗前。外面，一棵白杨。

当我爱时，我爱得很深。但不经常。

我说过森林只是树的一部分。

有了姑娘的膝部谁还要她的全身？

厌倦了摩登时代滋育的灰尘，

那俄罗斯的目光会落在爱沙尼亚塔的尖顶。

我坐在窗前。盘碗清洗完毕。

我曾在这里快活。但不再能够。

我写过：灯泡看着地板充满惊恐，

爱，作为一种行为，缺少一个动词；那零，

那欧几里得以为是消失点变成的零不是

数学——它是时间的虚无。

我坐在窗前。当我坐着的时候

我的青春又来了。有时我会微笑。或吐一口。

我说过绿叶会摧毁花蕾；

所有肥沃的落进闲置之地都是白费；

那片平坦的田野上，那片没有阴影的平原

大自然撒下树的种子多么徒然。

我坐在窗前，双手锁住双膝。

我沉重的影子是我矮墩墩的伴侣。

我的歌走了调，我的声音沙哑，

但至少再也没有合唱队可以唱它。

像这样的谈话收而无获并不令谁为难

——没有谁的双腿歇在我的肩头。

我坐在黑暗中的窗前。如同一列快车，

波浪在波浪似的窗帘后面跌落。

一个二流时代忠实的臣民，

我自豪地承认，我最妙的主意

全是二流的，但愿未来把它们

当作我反抗窒息的战利品。

我坐在黑暗中。很难判断

哪一个更糟：黑暗的内部，还是外部的黑暗。

一九八〇年五月二十四日

作者 | 约瑟夫·布罗茨基
译者 | 黄灿然

点评

此诗系布罗茨基为自己 40 岁生日而作。他以高度凝练和形象化的语言回顾了自己的一生，特别是在俄罗斯大地上流浪、受苦、劳作、入狱、服刑、去国的经历，对生活本身的感悟非常沉痛。

由于缺乏野兽，我闯入铁笼里充数，

把刑期和番号刻在铺位和椽木上，

生活在海边，在绿洲中玩纸牌，

跟那些魔鬼才知道是谁的人一起吃块菌。

从冰川的高处我观看半个世界，尘世的

宽度。两次溺水，三次让利刀刮我的本性。

放弃生我养我的国家。

那些忘记我的人足以建成一个城市。

我曾在骑马的匈奴人叫嚷的干草原上跋涉，

去哪里都穿着现在又流行起来的衣服，

种植黑麦，给猪栏和马厩顶涂焦油，

除了干水什么没喝过。

我让狱卒的第三只眼探入我潮湿又难闻的

梦中。猛嚼流亡的面包：它走味又多瘤。

使我的肺充满除了嗥叫以外的声音；

调校至低语。现在我四十岁。

关于生活我该说些什么？它漫长又憎恶透明。

破碎的鸡蛋使我悲伤；然而蛋卷又使我作呕。

但是除非我的喉咙塞满棕色黏土，

否则它涌出的只会是感激。

版权说明

收入本书译诗多数已获著作权人授权,但仍有少部分译者一时无法取得联系。敬请译者和著作权人予以谅解,并与我们联系,以便我们奉致稿酬和样书。

联系人:文雯   联系电话:010-82345436   电子邮箱:chuanwx2016@126.com

图书在版编目（CIP）数据

诗歌的秘密花园：20世纪伟大诗人名作细读/雷格编著．—北京：北京联合出版公司，2020.4（2023.4重印）
ISBN 978-7-5596-3305-7

Ⅰ.①诗… Ⅱ.①雷… Ⅲ.①诗歌欣赏—世界—通俗读物 Ⅳ.①I106.2-49

中国版本图书馆CIP数据核字（2019）第112294号

诗歌的秘密花园：20世纪伟大诗人名作细读

作　者：雷　格
选题策划：北京时代光华图书有限公司
责任编辑：李　征
特约编辑：文　雯　卢倩倩
封面设计：今亮后声 HOPESOUND
封面绘图：洛　兵

北京联合出版公司出版
（北京市西城区德外大街83号楼9层　100088）
北京时代光华图书有限公司发行
北京晨旭印刷厂印刷　新华书店经销
字数181千字　880毫米×1230毫米　1/32　10印张
2020年4月第1版　2023年4月第3次印刷
ISBN 978-7-5596-3305-7
定价：58.00元

版权所有，侵权必究
未经许可，不得以任何方式复制或抄袭本书部分或全部内容
本书若有质量问题，请与本公司图书销售中心联系调换。电话：（010）82894445